レイナが島にやってきた！

長崎夏海・作・いちかわなつこ・絵・

理論社

もくじ

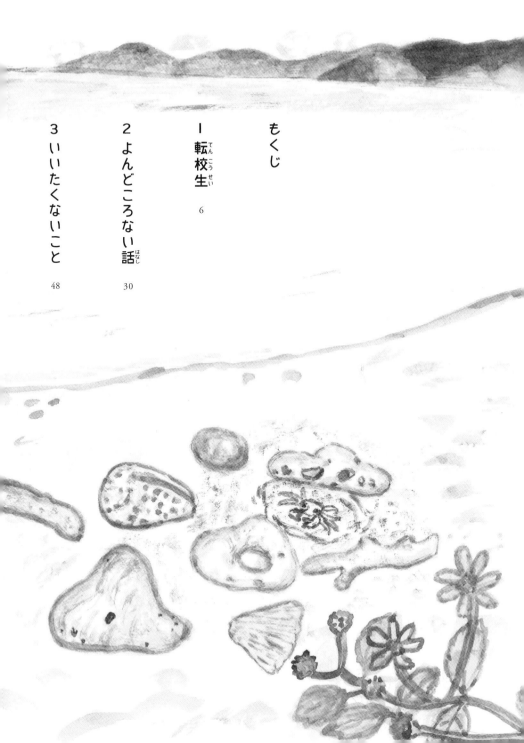

1 転《てん》校《こう》生《せい》 6
2 よんどころない話《はなし》 30
3 いいたくないこと 48

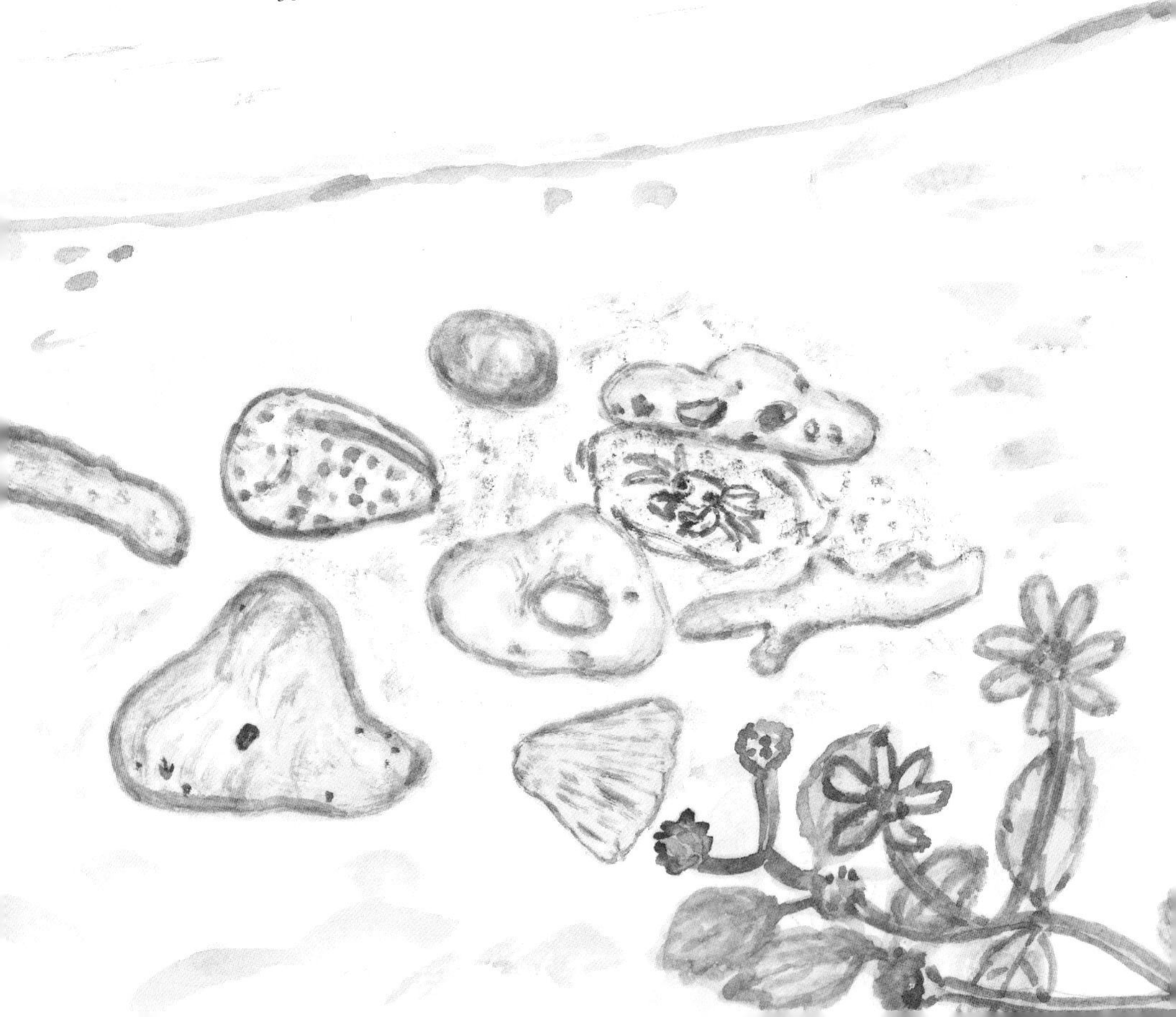

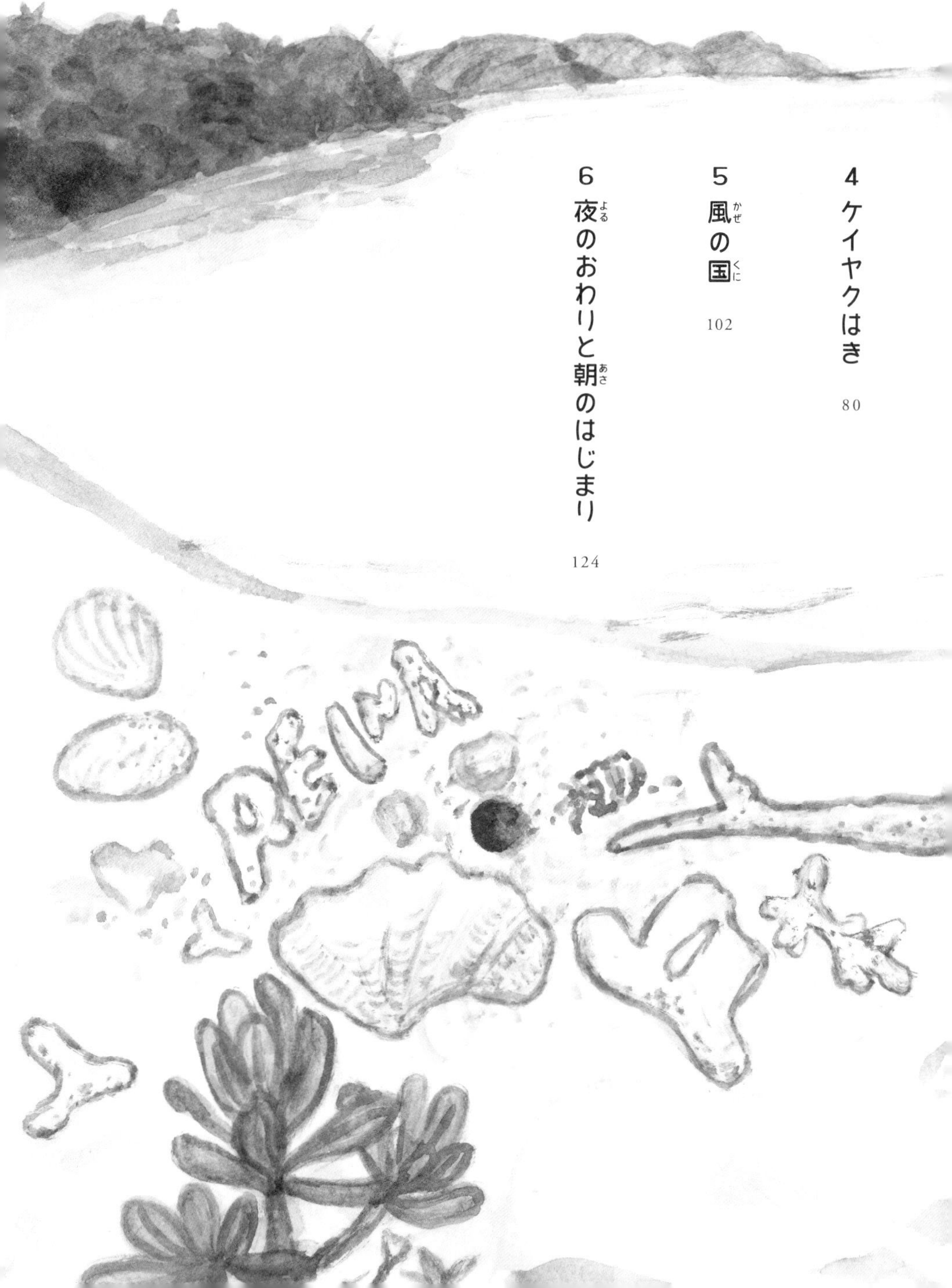

4 ケイヤクはき 80

5 風《かぜ》の国《くに》 102

6 夜《よる》のおわりと朝《あさ》のはじまり 124

1 転《てん》校《こう》生《せい》

きょうから二学期《がっき》。空は真《ま》っ青《さお》。校庭《こうてい》のガジュマルの木が、朝日《あさひ》をあびてきらきらしている。

きょうはいいことがあるかんじ。優愛《ゆうあ》はぐうんとのびをした。

始業式《しぎょうしき》は、二階《かい》のホール。校庭《こうてい》は朝《あさ》から暑《あつ》いけれど、ホールは風《かぜ》が通《とお》ってすずしい。

「転校生《てんこうせい》がきます」

と、校長《こうちょう》先生がいった。優愛《ゆうあ》はスカートをぎゅっとにぎった。

「四年生の女の子です」

わお！　すごい。いいことがほんとうにおこった。

これまで四年生は、和真《かずま》と俊哉《しゅんや》と優愛《ゆうあ》の三人。みんななかよしだし、複式学《ふくしきがっ》級《きゅう》で同《おな》じ教室《きょうしつ》にいる三年生たちとも遊《あそ》ぶから、さみしくはなかった。だけど、やっぱり同《おな》じ年の女の子の友《とも》だちがほしかった。

三年生のみくちゃんとるなちゃんはとてもなかよしだ。かみどめも、ランドセルカバーも色《いろ》ちがいのおそろい。いつもいっしょにいて、ひそひそ話《ばなし》をしてくすくす笑《わら》いあう。ふたりだけにわかる楽《たの》しいことがあるにちがいない。そういうの、すごくうらやましかったんだ。

いっしょに貝がらをひろったり、お絵《え》かきしたり、花のかんむりをつくったり、ないしょ話《ばなし》をしたり……。まずは海《うみ》にあんないして、それからやぎのいるところや牛《うし》小屋《ごや》をおしえて、それからそれから。

やりたいことがいっぱい！

どんな子かな。校長《こうちょう》先生のお話《はなし》のあとにくるのかな。

だけど、転校生《てんこうせい》は始業式《しぎょうしき》にはあらわれなかった。

「ここで紹介《しょうかい》したかったんですが、おくれているようです。あとからきますので、なかよくしてください」

校長《こうちょう》先生は、どれぐらいおくれるのかはいわなかった。

優愛《ゆうあ》は席《せき》について、机《つくえ》から「おきにいりノート」をだした。表紙《ひょうし》には小さい猫《ねこ》の絵《え》がたくさんかいてあって、中のページにも一ぴきずつかいてある。鹿児《かご》島《しま》のおばさんからのプレゼントで、九月の二学期《がっき》になったらつかおうってきめていた。おきにいりノートだから、おきにいりの言葉《ことば》を書《か》くんだ。

一ページめの最初《さいしょ》の言葉《ことば》は、「転校生《てんこうせい》」。文字《もじ》をながめてにやにやしていたら、和真《かずま》がのぞきこんでいった。

「もしかしてこないかもよ」

「え?」

「転校《てんこう》そうそうちこくなんて、おかしいヨ。転校《てんこう》やめたか、学校来《き》たくないかのどっちかだな」

優愛《ゆうあ》は胸《むね》がざわざわした。

三年生の中に、一学期《がっき》に転校《てんこう》してきて一度《いちど》しかこなかった子がいる。名前《なまえ》は若葉《わかば》ちゃんっておぼえているけれど、顔《かお》ははっきり思《おも》いだせない。若葉《わかば》ちゃんは、どうしてこなくなったんだろう。色白《いろじろ》でぽちゃっとした子だったな。毎日家《まいにちいえ》で何《なに》やっているんだろう。

優愛《ゆうあ》は、はじめて若葉《わかば》ちゃんのことを考《かんが》えた。

「おはよ！」

佐藤《さとう》先生がひょこっと顔《かお》をだした。うしろにはだれもいない。がっかりだ。やっぱり転校生《てんこうせい》はこないのかもしれない。

出席《しゅっせき》をとって、夏休《なつやす》みの宿題《しゅくだい》を提出《ていしゅつ》。そのあとは、発表《はっぴょう》。三年生五人と、優《ゆう》愛《あ》たち四年生三人がどんな夏休《なつやす》みだったかを話《はな》した。まるでふつうの新学期《しんがっき》。転校生《てんこうせい》はどうなっちゃったんだろう。窓《まど》の外《そと》をながめる。青い空に、白い雲《くも》がゆっくりと流《なが》れている。遠《とお》くにちょこっとみえる海《うみ》は空よりももっと青い。日ざしはもう強《つよ》くなっていて、ガジュマルの木の影《かげ》がくっきりと芝生《しばふ》にうつっている。

「あっ！」

優愛《ゆうあ》は声《こえ》をあげた。ガジュマルの木の上に赤いものがみえた。

「どうかしましたか？」

佐藤《さとう》先生にきかれて、窓《まど》の外《そと》をゆびさす。先生が窓辺《まどべ》にいった。優愛《ゆうあ》が立ちあがると、みんなも立ちあがった。いっせいに窓辺《まどべ》にいく。

「あらら」

先生は、優愛《ゆうあ》たちに待《ま》っているようにいって、外《そと》にでていった。

「ケンムンじゃない？」と、和真《かずま》が笑《わら》いながらいった。ケンムンは、南《みなみ》の島《しま》のガジュマルにすんでいる妖怪《ようかい》だ。全身《ぜんしん》赤くて毛《け》むくじゃらだとか、カッパみたいだとかいろいろいわれている。

でも、ガジュマルにのぼっているのは、赤いタンクトップをきた子どもだった。だれかがこの木にのぼっているのを、優愛《ゆうあ》ははじめてみた。老木《ろうぼく》であぶな

いからのぼらないようにと先生にいわれているからだ。

「男の子?」「女子だ」「転校生《てんこうせい》じゃない?」「そうだ」「ぜったいそうだよ」

子どもが木からするするとおりた。木登《きのぼ》りになれているみたい。

その子は、すたすたと歩《ある》きながら教室《きょうしつ》をみあげて、手をふった。長《なが》くて細《ほそ》い手だ。

優愛《ゆうあ》と目があった! 優愛《ゆうあ》も手をふりかえす。

先生とその子が玄関《げんかん》で合流《ごうりゅう》すると、優愛《ゆうあ》はがまんできなくなって、ろうかに飛《と》びだした。みんなもあとにつづく。

階段《かいだん》をあがってくる先生の頭《あたま》がみえた。

みんなでばたばたと教室《きょうしつ》にもどる。

優愛《ゆうあ》は、席《せき》について背筋《せすじ》をのばした。

「きたな」和真《かずま》がいう。

「うん、きた」

優愛《ゆうあ》は、にやにやしてくるのをがまんして唇《くちびる》をきゅっととじた。

その子はぐるっと教室《きょうしつ》をみまわした。目がきらきらしている。

「あたし、複式学級《ふくしきがっきゅう》ってはじめて。へえ、黒板《こくばん》二つつかうんだ。全校生徒《ぜんこうせいと》で三十六人なんでしょ。けど、この島思《しまおも》ったより大きいからびっくり。人口は一万三千人ぐらいで、島一周《しまいっしゅう》は約《やく》五十キロ。沖縄《おきなわ》から島《しま》にくる船《ふね》にあったパンフレットに書《か》いてあったの。五十キロって、フルマラソンよりちょっと長《なが》いけど、メダリストなら二時間《じかん》四十分《ぷん》くらいで走《はし》るかな。自転車《じてんしゃ》くらい速《はや》いもんね。スーパーもあるし、お弁当屋《べんとうや》さんもあるし、楽勝《らくしょう》じゃん？」

優愛《ゆうあ》は、目をぱちくりした。話《はなし》がどんどんかわるからぜんぜんついていけない。なにがどう楽勝《らくしょう》なのかもわからなかった。

「林《はやし》さん、まず、自己紹介《じこしょうかい》しないと」

と、先生がいった。そうだ、なんにでも順序《じゅんじょ》があると、優愛《ゆうあ》は思《おも》った。

先生が黒板《こくばん》に名前《なまえ》を書《か》く。

林麗菜《はやしれいな》。

「はやしれいなさん、です。神奈川県《かながわけん》からきました」

その子が黒板《こくばん》をみて、チョークで麗菜《れいな》という名前《なまえ》に×《ばつ》をつけた。優愛《ゆうあ》はびっくり。自分《じぶん》の名前《なまえ》に×《ばつ》をつけるなんてどういうことだろう。

「この漢字《かんじ》、めんどくさいんだよね。習字《しゅうじ》で書《か》くとまっくろになっちゃうし。で、こっちにするから」

×《ばつ》の横《よこ》にレイナと書《か》く。

「風通《かぜとお》し良《よ》いでしょ？」

風通《かぜとお》しって……。優愛《ゆうあ》がぽかんとしていると、それがわかったみたいにレイナがいった。

「風通《かぜとお》しが悪《わる》いと、カビがはえちゃうでしょ？」

みくちゃんとるなちゃんがくすくす笑《わら》った。

「みんなもレイナってよんでね。ちゃんもさんもいらないから」

「レイナねえさんは？」

みくちゃんがきくと、「ダメ！」とぴしゃり。「あたしはあんたのおねえさんじゃないし、あんたはあたしの妹《いもうと》じゃないでしょ」

みくちゃんは、目を大きくみひらいてびっくりしていたけれど、こくりとうなずいた。

「あたし、林《はやし》さんの里子《さとご》になったの。だから林《はやし》レイナ。その前《まえ》は、神奈川県《かながわけん》の児童養護施設《じどうようごしせつ》にいたのよ。あ、いっとくけど、かわいそうなんて思《おも》わないでね。施設《しせつ》って結構楽《けっこうたの》しかったし、今《いま》この島《しま》に来られてすごくハッピーなんだから。きのうね、夜中《よなか》に目がさめたの。外《そと》をみたら、満天《まんてん》の星《ほし》！　天の川はじめてみちゃった。すごいねえ」

レイナのおしゃべりは止《と》まらない。しかもすごく早口。ちゃんと息《いき》つぎしてるのか心配《しんぱい》になるぐらいの勢《いきお》いだ。

「矢《や》つぎばや。あるいは機関銃《きかんじゅう》のようにしゃべる、だな」

俊哉《しゅんや》がつぶやく。

「はい、話《はなし》はここまで。まず席《せき》について」

先生がいうと、レイナはすまして、

「みんなからの質問《しつもん》をきいてからにしましょ」といった。

先生に意見《いけん》するなんて、優愛《ゆうあ》はまたびっくりした。

「すきな食《た》べ物《もの》はなあに？」「きらいな食《た》べ物《もの》は？」「すきな色《いろ》は？」「ズボンとスカートどっちがすき？」

三年生たちが次々《つぎつぎ》ときく。

「すきな色《いろ》は、青と赤。スカートはきらい。すきな食《た》べ物《もの》はおいしいもの。きらいな食《た》べ物《もの》はタコ」

優愛《ゆうあ》はぷっとふきだした。タコがきらいだなんて、ケンムンとおなじだ。

俊哉《しゅんや》が手をあげた。

「どうして遅《おそ》くなったんですか？」

「よんどころない事情《じじょう》でね」

レイナが気どって答《こた》える。

よんどころない。はじめてきく言葉《ことば》だ。なんだかひびきがおもしろい。よっぱらいがころんだみたいな感《かん》じがする。

和真《かずま》が「よんどころないってなんですか」ときいた。

「それはね。話《はな》すと長《なが》いの。一時間《じかん》はかかるけど、話《はな》してもいいの？」

先生はダメダメと手をひらひらふった。

「休み時間《じかん》に話《はな》してあげて。とにかく席《せき》について。優愛《ゆうあ》さんのとなりね」

レイナは、「はあい」と歩《ある》いてきて、優愛《ゆうあ》の机《つくえ》のすみにはってある名前《なまえ》のカードをゆびさした。

「ゆうあってこういう漢字《かんじ》なんだ。あんたも、習字《しゅうじ》で名前《なまえ》がまっくろになるでしょ」

優愛《ゆうあ》はうんうんとうなずく。

「ユーアってカタカナにしちゃいなよ」

優愛《ゆうあ》はぶるぶると首《くび》を横《よこ》にふる。だって、優愛《ゆうあ》は優愛《ゆうあ》だ。

チャイムがなって、先生がいった。

「きょうは、一時間《じかん》おそうじしてから帰《かえ》りの会《かい》です。夏休《なつやす》みの間《あいだ》のほこりをきれいにしてください」

「給食《きゅうしょく》ないの？」と、レイナ。

「給食《きゅうしょく》は来週《らいしゅう》からです」

「なーんだ、がっかり」

レイナは、席《せき》につかずに窓辺《まどべ》にいって外《そと》をながめだした。休み時間《じかん》だからいいんだけど。でも先生にはちゃんと敬語《けいご》をつかわなくちゃいけないんじゃないかなと、優愛《ゆうあ》は思《おも》った。教《おし》えてあげたほうがいいのかな。

「よんどころないっていうのは」

俊哉《しゅんや》が辞書《じしょ》をみながらいった。「やむを得《え》ない、どうしようもないって意味《いみ》だって」

そうか。よっぱらいがころんだみたいにふざけてなくて、すごい事情《じじょう》のような気がしてきた。

優愛《ゆうあ》は、おきにいりノートに「よんどころない事《じ》じょう」と書《か》いた。

どんな事情《じじょう》だろう。それ、ききたい！

敬語《けいご》のことは頭《あたま》からとんでしまった。

「あのね」

窓《まど》わくにもたれているレイナに話《はな》しかける。

「あれって、ガジュマルの木？」

先に質問《しつもん》されてしまった。

「うん。ウードガジュマル」

「ウードってなに？」

なにってきかれても……。なんだ？

「ウードは大きいって意味《いみ》」

俊哉《しゅんや》が横《よこ》にきていった。「シンボルツリーなんだよ」

「ふうん。おじいさんの木だから、のぼっちゃいけないって先生がいってた。おじいさんだから、ひげがはえてるの？」

ええと。優愛《ゆうあ》は、ガジュマルをみた。枝《えだ》からたくさんの根《ね》っこがぶらさがっていて、たしかにひげみたいだ。

「あれは根《ね》っこ。おじいさんだからじゃなくて」と俊哉《しゅんや》。

「いくつ？」

「去年《きょねん》九十歳《さい》だったから、今年《ことし》は九十一」

「やっぱ、おじいさんじゃん。かっこいいなあ。ね、ケンムンってほんとにいるの？」

「え？　知《し》ってるの？」と優愛《ゆうあ》。

「まかないのおばさんがおしえてくれた。写真《しゃしん》もみたよ。細《ほそ》くて真《ま》っ赤《か》で、かっこいいの。徳之島《とくのしま》でとったんだって」

まかないってなに？　写真《しゃしん》ってなに？　本物《ほんもの》のわけないし、どうして写真《しゃしん》があるの？

ききたいことだらけで、なにからきいていいかわからない。ええと、どうしよう。

「みたことある？」

優愛《ゆうあ》は首《くび》を横《よこ》にふる。

「徳之島《とくのしま》の資料館《しりょうかん》のフィギュアならみたけどね」と、俊哉《しゅんや》は肩《かた》をすくめた。

「なあんだ、やっぱりいないのか」

「あ、でも、とうさんの友《とも》だちのおじいちゃんがみたことあるって。道《みち》にまよわされて、三日も帰《かえ》れなかったんだって」

「ふうん。あってみたいなあ」

「え、なんで？」

「おもしろそうだからにきまってるじゃん」

レイナはにかっと笑《わら》った。

もしもほんとうにケンムンにあったら……。優愛《ゆうあ》はぶるっとした。妖怪《ようかい》だもの。こわいにきまっている。レイナはこわくないのかな。ぐずぐず考《かんが》えていたら、チャイムがなった。そうじの時間《じかん》だ。

あ。よんどころない事情《じじょう》をきくのわすれちゃった。

そうじのために机《つくえ》をさげながら、レイナをさがす。

いない。レイナは、教室《きょうしつ》からいなくなっていた。

「レイナは？」

ほうきでチャンバラをやっている和真《かずま》と俊哉《しゅんや》にきく。

「え？　知《し》らね」と和真《かずま》。

「そのへんにいるんじゃない？」と俊哉《しゅんや》。

窓《まど》の外《そと》をのぞいたら、レイナが走《はし》っていくのが見えた。

にげた？

そうじがきらいだから？

だったらいってくれればいいのに。たとえば窓《まど》ふきならいいとか、モップを洗《あら》うのはきらいだけどふくだけならいいとか、いろいろ工夫《くふう》できるのに。でも、きょう知《し》りあったばっかりだから、そういうことがわからなくてもしかたがない。それよりにげだしちゃったレイナのほうが、いやな気持《きも》ちになっているかもしれない。優愛《ゆうあ》は心配《しんぱい》になった。


帰《かえ》りの会《かい》になってもレイナはもどってこなかった。

そうじをしたから、教室《きょうしつ》はさっぱりしている。窓《まど》もぴっかぴか。あけはなしてあるから、風《かぜ》がはいってきて気持《きも》ちがいい。風通《かぜとお》しがいいってこういうことをいうんだよ……。

レイナ、だいじょうぶかな。あしたから学校にこないなんてことないよね？

「だれか、レイナさんのことをしりませんか?」

先生がきいたときだった。

どこかから歌《うた》がきこえてきた。どなるみたいな歌声《うたごえ》。ぜんぜん上手《じょうず》じゃない。

だけど、すごく気持《きも》ちよさそうな声《こえ》だった。

もしかして。

優愛《ゆうあ》は、体《からだ》をのばして窓《まど》の外《そと》をみた。歌声《うたごえ》は校庭《こうてい》からきこえる。でも姿《すがた》はみえない。

「レイナの声《こえ》のような気がする」

優愛《ゆうあ》がいうと、先生が窓辺《まどべ》にいった。みんなもわっと窓辺《まどべ》に鈴《すず》なりになる。

「ガジュマルかもよ」

俊哉《しゅんや》がいった。いわれてみると、そんな気もしてきた。

先生が、「みんなはここにいてね」といって、小走《こばし》りに出ていった。朝《あさ》と同《おな》じ。だけど今度《こんど》は和真《かずま》が「いこうぜ」といった。

みんなで教室《きょうしつ》を出ていく。ガジュマルの木の下には先生と同時《どうじ》についた。みんな、うわばきのままはきかえなかったからだ。

「やっほー」

木の上にいたのは、やっぱりレイナだった。朝《あさ》、のぼっちゃいけないっていわれたばっかりなのに。

「みんなもおいでよ！　気持《きも》ちいいよ。ほら海《うみ》が銀色《ぎんいろ》に光《ひか》ってる！」

レイナが立ちあがると、すぐ横《よこ》にだれかがすわっているのがみえた。

「若葉《わかば》ちゃん？」

みくちゃんが小さい声《こえ》でいった。

「ほんとだ。若葉《わかば》ちゃんだ」みんながわいわいいいだす。

「あらら」

先生は、ぽかんとして木をみあげている。

レイナと若葉《わかば》ちゃんは、また大きな声《こえ》で歌《うた》いはじめた。レイナの声《こえ》が大きくて、若葉《わかば》ちゃんの声《こえ》はぜんぜんきこえなかったけれど、口はちゃんとあけている。優愛《ゆうあ》のしらない歌《うた》だった。

優愛《ゆうあ》は、頭《あたま》の中がはてなマークだらけになった。

どうしてレイナと若葉《わかば》ちゃんが知《し》りあいなのか、どうしてふたりで歌《うた》っているのか、さっぱりわからない。

これって、よんどころない事情《じじょう》とかんけいあるのかな。

レイナの歌《うた》は続《つづ》いている。

「もうおりてきて」

先生にいわれても、やめない。たぶん、二番《ばん》まで全部《ぜんぶ》歌《うた》うのかな。もしかしてもう一曲《きょく》？

みくちゃんとるなちゃんが耳元《みみもと》でなにかいいあって、楽《たの》しそうにくすくす笑《わら》っている。

優愛《ゆうあ》は、ふたりをみてため息《いき》をついた。

レイナとは、あんなふうな友《とも》だちにはなれないんだろうな。

それどころか、ふつうに友《とも》だちになるのも無理《むり》かも。

あーあ。これってよんどころないのかな。

優愛《ゆうあ》は、木の上のレイナと若葉《わかば》ちゃんをみあげた。光《ひかり》で表情《ひょうじょう》はわからない。葉《は》っぱの間《あいだ》からみえるのは、ぬけるような青空だった。

2 よんどころない話《はなし》

「レイナ！　よんどころない話《はなし》して」

昼休《ひるやす》みになると、三年生の五人がレイナのまわりにむらがる。二週間《しゅうかん》、毎日《まいにち》こうだ。正しくいえば、「よんどころない事情《じじょう》の話《はなし》」なのだけれど。

「OK《オーケー》」

みんなはわれさきにと校庭《こうてい》に走《はし》りだす。レイナが話《はなし》をするのは、ガジュマルの木の下ときまっているからだ。

レイナはつんとあごをあげてしゃなりしゃなりと歩《ある》いていく。まるで猫《ねこ》みたいな歩《ある》き方《かた》だ。優愛《ゆうあ》も、レイナのまねをしてしゃなりしゃなりとついていく。

転校《てんこう》してきた日にちこくするなんて、どんなよんどころない事情《じじょう》なんだろう。なにより知《し》りたいのは、どうして若葉《わかば》ちゃんと友《とも》だちになれたのかということだった。

若葉《わかば》ちゃんの家《いえ》には、三年生の五人全員《ぜんいん》がいっているけれど、顔《かお》もみせてくれなかったらしい。優愛《ゆうあ》も一度《いちど》だけいった。若葉《わかば》ちゃんが玄関《げんかん》わきの部屋《へや》でねころんで本を読《よ》んでいるのが、レースのカーテンごしにみえた。でも、優愛《ゆうあ》が玄関《げんかん》チャイムをおしたとたん、さっと奥《おく》の部屋《へや》ににげこまれてしまった。

すごく学校がきらいで、学校にいっている子たちのこともきらいなんだろうなと、優愛《ゆうあ》はかなしくなった。

若葉《わかば》ちゃんは一日だけ学校にきた日もひとこともしゃべらなかったから、だれも、若葉《わかば》ちゃんの声《こえ》をきいていない。先生は何《なに》もいっていなかったけれど、声《こえ》がだせない病気《びょうき》なのかもしれないと、優愛《ゆうあ》は思《おも》っていた。

それなのに、島《しま》にきたばかりのレイナといっしょにガジュマルにすわって歌《うた》をうたっていたなんて！　レイナってすごい。

三年生たちはたちまちなついたし、このごろは一、二年生まであつまってきて、すっかり人気者《にんきもの》だ。

和真《かずま》と俊哉《しゅんや》は、五、六年生たちとサッカーをしていて話《はなし》をききにはこない。

でも、「よんどころない」という言葉《ことば》が気にいっているらしく、しょっちゅう口にする。和真《かずま》はピアニカをわすれたとき、先生にも「よんどころない事情《じじょう》でわすれました」といって、みんなを笑《わら》わせた。

「じゃ、はじめるね」

レイナは、ぴっと指《ゆび》をたててみんなの顔《かお》をみまわしてから話《はな》しはじめた。

「朝《あさ》は六時《じ》に起《お》きてごはんを食《た》べて、家《いえ》をでたのは、七時《じ》。海《うみ》をみてから学校にいこうかなって。島《しま》に着《つ》いたのが夜《よる》で、次《つぎ》の日は雨だったから、かんじんの晴《は》れた日の海《うみ》をみてなかったんだ。なんでかんじんかっていうと、この島《しま》にきたかった一番《いちばん》の理由《りゆう》が海《うみ》だったからなの。おかあさんに最初《さいしょ》にあったとき、絵《え》葉書《はがき》をみせてくれたの。信《しん》じられないぐらいきれいな青い海《うみ》の写真《しゃしん》の葉書《はがき》だった。でもね、ほんとはちょっぴりうたがってたの。絵《え》葉書《はがき》ってさ、じっさいよりきれいにつくるじゃない？　だけど、きっと、一年に一度《いちど》ぐらいは絵《え》葉書《はがき》みたいなときがあるはず。島《しま》に住《す》んで、毎日《まいにち》海《うみ》に通《かよ》って、あのきれいな青い海《うみ》をみるんだ！って決《き》めてたってわけ」

レイナは、ふりかえってガジュマルの木をみた。幹《みき》をみて、それから枝《えだ》をみて葉《は》っぱをみる。

みんなもつられて、ガジュマルをみあげる。

太《ふと》い幹《みき》にたくさんの木がからまって、ひとつの木になっている。枝《えだ》からはたくさんのひげ根《ね》がぶらさがって、地面《じめん》にむかっていた。

こんなにじっくりガジュマルをみたのは、はじめてかもしれないと、優愛《ゆうあ》は思《おも》った。こうしてみると、すごく不思議《ふしぎ》な形《かたち》をした木だ。

「ふうっ。はあっ」

レイナが大きく深呼吸《しんこきゅう》すると、さあっと風《かぜ》がふいて葉《は》っぱがゆれた。

「海《うみ》にいってみてもうびっくり！　ほんとに真《ま》っ青《さお》。手前《てまえ》はとうめいで、だんだん青くなって、水平線《すいへいせん》の近《ちか》くに白いリボンみたいな波《なみ》がゆれてて、その先の海《うみ》は紺色《こんいろ》。その上は水色《みずいろ》の空で、海《うみ》と空はつながっているみたいだった。あた

し、あんまりおどろいちゃって動《うご》けなくなっちゃった」

ガジュマルの葉《は》っぱが、またさわさわとゆれた。

みんなは、ぽかんとしてきいている。優愛《ゆうあ》も、ぽおっとなった。みなれている海《うみ》が別《べつ》の海《うみ》みたいに思《おも》えてくる。

「あれから毎日海《まいにちうみ》にいってるの。海《うみ》って、毎日表情《まいにちひょうじょう》がちがうんだよ。それでね」

レイナの話《はなし》はどんどん続《つづ》く。続《つづ》くけれど、チャイムでおしまい。

チャイムの前《まえ》におしまいになることもある。

和真《かずま》たちのサッカーボールがとんできたときだ。レイナは、さっさとサッカーに参加《さんか》してしまう。男の子たちにまざってサッカーするなんて優愛《ゆうあ》たちにはびっくりだけど、レイナはあたりまえな顔《かお》をしていた。もっとびっくりしたのは、男の子たちがあたりまえな顔《かお》でレイナをサッカーにくわえたこと。レイナにはなにか不思議《ふしぎ》な力があるのかもと、優愛《ゆうあ》はひそかに思《おも》った。魔法少女《まほうしょうじょ》レイナとか。ううん、ケンムン少女《しょうじょ》レイナのほうがにあってるかも。

それにしても。二週間話《しゅうかんはなし》をきいたのに、まだ校門《こうもん》をくぐったところまでいっていない。よんどころない事情《じじょう》のほかに、毎日《まいにち》ちがう話《はなし》がくわわるから、話《はなし》はどんどん長《なが》くなる。優愛《ゆうあ》は、ノートにかいた「よんどころない事《じ》じょう」という言葉《ことば》のあとに「↓とっても長《なが》い話《はなし》」と書《か》きくわえた。

「さとうきび畑《ばたけ》の横《よこ》を歩《ある》いてたらね、風《かぜ》がふいてきて、さとうきびの葉《は》っぱがいっせいにゆれたの。ね、どんな音がしたと思《おも》う？」

だれも答《こた》えられなかった。だってそんなこと、考《かんが》えたことがない。

レイナが優愛《ゆうあ》をみたから、優愛《ゆうあ》はしかたなく「風《かぜ》の音、かな」と答《こた》えた。

「ざわわじゃない？」

「そうだよ、ざわわだよ」

三年生たちがいいだして、「ざわわざわわ」と歌《うた》った。みんなここだけ知《し》っていた。そのあとの歌詞《かし》もメロディも知《し》らなかったけれど。

「それよそれ！」

レイナが立ちあがって大声《おおごえ》をだした。

「あたしもそうだと思《おも》ってたの。だって、その歌《うた》のときにさとうきび畑《ばたけ》の映像《えいぞう》が流《なが》れて、ざわわってゆれるじゃない？　でも、ちがった。あたしが思《おも》うに、ざわわはイメージよ。あれ？　その歌《うた》をつくった人にはそうきこえたのかな。もしかしてひとりひとりきこえかたがちがうのかも。うんきっとそうだね」

最後《さいご》のほうは、ほとんどひとりごと。ちょっと首《くび》をかしげてから、ガジュマルをみあげる。「どう思《おも》う？」ってきいているみたいだった。ガジュマルはしずかにそこに立っているだけだけど、レイナはなぜかくすっと笑《わら》って、またみんなのほうをむいた。

「あたしには、シャラシャラってきこえた」

シャラシャラかあ……。いわれてみるとそんな気もすると、優愛《ゆうあ》は思《おも》った。

「カンナちゃんは、一つ年上だった」

レイナは、とつぜんちがうことをいいだした。でもいつものことだったから、だれも気にせずきいている。

「カンナちゃんはすごい耳を持《も》ってた。これはミの音だとかファの音だとかがわかる。あたし、水のはいったコップをならして、ドレミに変《か》えてもらうのがすきだった。なによりすごいのは、カンナちゃんは、星《ほし》がまたたく音をきいたことがあるの。静《しず》かな夜《よる》、耳をすましていたら、シャランってきこえたんだって。たった一度《いちど》だけだったらしいけど」

レイナは、はあっとため息《いき》をついた。

「その音きいてみたいなあってずっと思《おも》ってたけど、いつのまにか忘《わす》れてた。だって、カンナちゃんと友だちだったのは、ずっと昔《むかし》のことだったから。きょう、さとうきびの音をきいたら思《おも》いだした。すごいよねえ」

レイナはうっとりといった。優愛《ゆうあ》は、なにがすごいのかわからなかったけれど、なんだかうなずいてしまった。

そして、その日もよんどころない事情《じじょう》の話《はなし》にならなかった。

それでもみんなは大満足《だいまんぞく》。

「レイナの話《はなし》っておもしろいよね」

「読《よ》み聞《き》かせよりすき」

「紙芝居《かみしばい》よりすき」

優愛《ゆうあ》もそう思《おも》う。思《おも》うけれど、不満《ふまん》もある。最初《さいしょ》はどうしてなのかわからなかったけれど、このごろやっとわかった。いつもレイナが一人で話《はな》して、優愛《ゆうあ》はきいているだけなのが、いやなのだった。優愛《ゆうあ》は、レイナとおしゃべりがしたかった。優愛《ゆうあ》の話《はなし》もきいてほしいし、レイナが今《いま》そのときに感《かん》じたことや思《おも》ったことをききたかった。

けれど、レイナはいつもいそがしかった。放課後《ほうかご》は、走《はし》って帰《かえ》ってしまう。教室《きょうしつ》そうじもやらない。そうじは、自主参加《じしゅさんか》だから帰《かえ》ってもわるくはないんだけど。

まだ一度《いちど》も遊《あそ》んでいないから、どんな遊《あそ》びがすきなのかもわからない。二時《じ》間目《かんめ》のあとの十五分《ふん》休みは、俊哉《しゅんや》に質問《しつもん》ぜめ。

「畑《はたけ》のわきにさいている花の名前《なまえ》は？」

「畑《はたけ》を歩《ある》いている白い鳥《とり》の名前《なまえ》は？　どうして飛《と》ばないで歩《ある》いているの？」

「海《うみ》が青いのは、空の色《いろ》をうつしてるからだって、ほんと？」

「星《ほし》がこんなにたくさんあって、星座《せいざ》がわからないんだけど、みんなはどうしてるの？　大昔《おおむかし》はもっと星《ほし》がみえたでしょ。どうやって星座《せいざ》がつくれたのかな」

「空がちかくにかんじるのはどうして？」

「手前《てまえ》の雲《くも》だけが流《なが》れていて、その上の雲《くも》が動《うご》かないのはなぜ？」

「この島《しま》はずっと夏《なつ》なんでしょ？」

レイナの質問《しつもん》は毎日《まいにち》たくさんある。俊哉《しゅんや》は、ていねいに答《こた》える。わからないことは次《つぎ》の日までに調《しら》べてきたり、図書室《としょしつ》で本をかりてきていっしょに調《しら》べたりしていた。和真《かずま》も優愛《ゆうあ》も広《ひろ》げた本を読《よ》んで参加《さんか》。

「そうだ、きょう、図書館《としょかん》いこうよ」

と、俊哉《しゅんや》がいった。町の図書館《としょかん》は遠《とお》いから、子どもだけではめったにいかない。自転車《じてんしゃ》でいけば三十分《ぷん》、帰《かえ》りは上《のぼ》り坂《ざか》になるから、たぶん四十五分《ふん》ぐらいはかかる。

だけど、みんなでいけば楽《たの》しそうだ。和真《かずま》も優愛《ゆうあ》もすぐにさんせい。レイナは、「いきたい、なあ」といいながら、考《かんが》えている。

「いこうよ！」

優愛《ゆうあ》はめずらしく大きな声《こえ》をだした。はじめてレイナと遊《あそ》べるかもしれない。

「自転車《じてんしゃ》ないならさ、弟《おとうと》のがある。な、拓真《たくま》！　きょう、自転車《じてんしゃ》かしてよ」

和真《かずま》は、窓《まど》ぎわにいた弟《おとうと》の拓真《たくま》に声《こえ》をかけた。三年生なので、同《おな》じ教室《きょうしつ》なのだ。

拓真《たくま》が「いいよ～」といったのと同時《どうじ》に、レイナが「やっぱりやめとく」といった。

「なんで？」

と、和真《かずま》が口をとがらせた。レイナが肩《かた》をすくめたときチャイムがなった。

授業《じゅぎょう》が終《お》わると、レイナはいつものように走《はし》って帰《かえ》った。

「尾行《びこう》しよう！」

いいだしたのは、和真《かずま》。俊哉《しゅんや》も優愛《ゆうあ》もすぐうなずいて、走《はし》りだす。三人とも、レイナがいつも走《はし》って帰《かえ》る理由《りゆう》を知《し》りたかった。

レイナは、まっすぐ海《うみ》にむかって走《はし》っていた。優愛《ゆうあ》たちは、ささっと走《はし》ってはさとうきび畑《ばたけ》にかくれながらあとをおった。

レイナは海《うみ》にいくと、あっというまにもどってきた。優愛《ゆうあ》たちはあわててしゃがんだけれど、ぜんぜんかくれられていなかった。でも、レイナは優愛《ゆうあ》たちには目もくれず、走《はし》っていく。

「なんなんだろ、あれ」

「さあ」

「海《うみ》みただけ、かな？」

三人ともまったくわからなかった。

「尾行《びこう》、続行《ぞっこう》！」

和真《かずま》のかけ声《ごえ》で、また三人とも走《はし》りだした。レイナは、家《いえ》に帰《かえ》ったようだった。

三人は石垣《いしがき》にはりつくようにしながら、そっと頭《あたま》をだして家《いえ》の中をのぞく。

優愛《ゆうあ》は、どきどきした。のぞきみなんていけないよ、ね？

玄関《げんかん》がガラリとあいた。三人は、さっとしゃがんでかくれてから、またそろそろと頭《あたま》をだす。レイナは、庭《にわ》の小さな畑《はたけ》にじょうろで水をまいていた。なっぱとネギとニラがうわっている。水まきのあとは、せんたくものをとりこんで、玄関《げんかん》のはきそうじをした。

三人は、なんだかはあっとため息《いき》をついてしまった。だれも、家《いえ》の手伝《てつだ》いなんてしたことがなかった。

「けっこうえらいんだな」

「えらすぎるかも」

「もしかして、里子《さとご》って……」

「まさか、むりに働《はたら》かされてるとか？」

「シンデレラみたいに？」

「それはない」

と、俊哉《しゅんや》がきっぱりいった。

「レイナのおかあさん、いい人だもの。ぶあいそうだけどね」

「そうなの？　あたし、あんまりしらない」

「ちいさいころ、サンタクロースからチョコレートもらってたでしょ？　あれ、レイナのおかあさんなんだよ」

「ええっ！」

和真《かずま》と優愛《ゆうあ》は、びっくりした。幼稚園《ようちえん》のとき、毎年《まいとし》ポストにチョコレートが入っていた。そりにのったサンタクロースの絵《え》がついていて、優愛《ゆうあ》は本物《ほんもの》のサンタさんからのプレゼントかと思《おも》っていた。小学校に入ってからはなくなってしまったけれど、今《いま》も幼稚園生《ようちえんせい》にはとどくらしい。

「そういう人が、子どもをいじめたりしないよ」

「そういえば」

優愛《ゆうあ》は、さっきのレイナを思《おも》いかえす。

「楽《たの》しそうだった。鼻歌《はなうた》うたってたし。そうじもきらいじゃないみたい」

「うん。たしかに。けど、家《いえ》の仕事《しごと》で遊《あそ》べないっていうのも、なんだかなあ」

優愛《ゆうあ》は、なんだか胸《むね》がきゅうとなった。かわいそうに思《おも》ったわけじゃない。いっしょに遊《あそ》べないのはさみしいけれど、それだけじゃない。なんていうか、じぶんとはちがうのかなあと思《おも》ったのだった。レイナの気持《きも》ちがぜんぜんわからなくて、わからなければ友《とも》だちにはなれない。やっぱり無理《むり》なんだな。

優愛《ゆうあ》は、足元《あしもと》の石をぽこんとけっとばした。

3
いいたくないこと

今朝《けさ》、優愛《ゆうあ》は、目ざまし時計《どけい》より早く目がさめた。十五分《ふん》も早い。こんなことって、めったにない。ふだんは、目ざましがなってもおきられなくて、かあさんにおこされる。うでをひっぱられてから、わきの下に手をいれられてむりやりたたされる。おしりをペチンとたたかれるときもある。あれ、すごくいやだ。だけど、かあさんはとうさんと畑《はたけ》にいくので、優愛《ゆうあ》がちゃんとおきないとこまるのだ。かあさんは、優愛《ゆうあ》が顔《かお》を洗《あら》うのをみとどけてから、軽《けい》トラックででかけていく。だから優愛《ゆうあ》は、いつもひとりで朝《あさ》ごはんのおにぎりをたべてから学校にいっていた。

居間《いま》にいったのは、とうさんとかあさんが、食後《しょくご》のお茶《ちゃ》をのんでいるとき。かあさんが「あらら、めずらしい」とびっくりしてから、「えらいね」とほめてくれた。

そういえば……。

レイナは、毎朝《まいあさ》六時《じ》におきているっていってたっけ……。レイナも毎朝《まいあさ》ほめられてるのかな。それとも毎朝《まいあさ》だと、あたりまえになっちゃってほめてもらえないのかな。そういうことも、きいてみたいなあ。

「そうだ！」

早く学校にいけば、おしゃべりができるかも。レイナはいつも一番《いちばん》に教室《きょうしつ》にいるんだって、三年生のみくちゃんがいっていた。

いっぱいおしゃべりすれば、きっと気持《きも》ちもわかるようになる。

優愛《ゆうあ》はいそいで顔《かお》を洗《あら》った。おみそ汁《しる》をチンして、おにぎりとたまごやきとプチトマトをたべる。家《いえ》のにわとりのたまごと、畑《はたけ》でつくったトマトだ。スーパーで買《か》ったやつより、味《あじ》がこくておいしい。

ぱくぱくたべて、流《なが》しに食器《しょっき》をはこぶ。

レイナだったら、こういうのも自分《じぶん》で洗《あら》うんだろうなあ。お皿《さら》とおわんとおはし、それぐらい優愛《ゆうあ》にだって、洗《あら》える。よし、やってみよう。

だけど。流《なが》しには料理《りょうり》に使《つか》ったフライパンやおなべ、とうさんとかあさんがつかったお皿《さら》もあって、全部洗《ぜんぶあら》うのはいかにも大変《たいへん》と思《おも》えた。

「だめだ、こりゃ」

優愛《ゆうあ》はふだんどおり流《なが》しに食器《しょっき》をおくだけにして、早めに登校《とうこう》した。

ちょっと早いだけなのに、朝《あさ》のふんいきはちがっていた。県道《けんどう》を走《はし》る車がいつもより少《すく》ない。でも、横断歩道《おうだんほどう》のところには、もう子どもみまもり隊《たい》のおじさんがいた。子どもがまだ通《とお》らないので、肩《かた》をぐるぐるまわして運動《うんどう》している。

犬の散歩《さんぽ》をしているおばあさんにもあった。

レイナみたいに六時《じ》におきて散歩《さんぽ》したら、いろんな発見《はっけん》があるかもしれない。

そうか、レイナといっしょに散歩《さんぽ》したらいい。レイナ、もしかしていやがる？

うん、きょうは、それもきいてみよう。

優愛《ゆうあ》は、かけだした。はやくレイナに会《あ》いたかった。

門《もん》をくぐって二階《かい》の教室《きょうしつ》をみあげる。

「いた！」

レイナが窓《まど》のさくにもたれていた。

「おはよう！」

手をふると、レイナもにこにこして手をふりかえした。いい感《かん》じ。いっぱいおしゃべりできそうだ。

優愛《ゆうあ》は、一段《だん》ぬかしで階段《かいだん》をのぼって教室《きょうしつ》にはいった。

「レイナ！」

でも、レイナはふりかえらない。さっきと同《おな》じように窓《まど》の外《そと》をながめている。

なんでかな。どうしよう。

優愛《ゆうあ》は、声《こえ》をかけないほうがいいかなと思《おも》った。だけど、レイナとふたりっきりになれるのははじめて。おしゃべりのチャンスだ。

大きく息《いき》をしてから、レイナにちかづく。

「あ」

レイナの耳にはイヤホンがあった。音楽《おんがく》をきいているらしい。アイポッドとかいうやつかな。

どうしよう。むりに声《こえ》をかけないほうがいいよね？　でもでもでも！

優愛《ゆうあ》は思《おも》いきって、レイナの肩《かた》をたたいた。

レイナは、ふりかえってイヤホンをかたほうはずし、「おはよ」と笑《わら》った。

だけど。それだけだった。レイナはすぐにイヤホンを耳にはめてしまった。

リズムをとるように頭《あたま》を動《うご》かしながら、窓《まど》の外《そと》をながめている。自分《じぶん》の世界《せかい》って感《かん》じで、楽《たの》しそうだった。

おしゃべりは、むりかあ。

優愛《ゆうあ》は、はあとため息《いき》をついた。自分《じぶん》の席《せき》にいって、ランドセルから教科書《きょうかしょ》をとりだして机《つくえ》にいれる。

「つまんないの」

つぶやいたけど、もちろんレイナはふりかえらなかった。

レイナは、友《とも》だちがいらないのかな。ひとりでいるのがすきなのかなあ。

優愛《ゆうあ》にはぜんぜんわからなかった。目《め》の前《まえ》にだれかがいたらなかよくなりたい。それがあたりまえだと思《おも》っていた。ちょっとぐらい気があわなくても、がまんしたりしてなんとかなかよくなって、みんなで楽《たの》しくなったらいいと思《おも》う。

レイナはちがうのかな。若葉《わかば》ちゃんは？

考《かんが》えれば考《かんが》えるほど、頭《あたま》がぐるぐるしてきた。

優愛《ゆうあ》は、ぶるっと頭《あたま》をふって、子どもみまもり隊《たい》のおじさんみたいに肩《かた》をぐるぐるまわしてみた。ちょっとすっきり。

「だいじょぶ、だいじょぶ。あせらない」

かあさんがいつもいっている言葉《ことば》を口にだしてみる。

うん。きっとそのうち、なかよくなれるときがくるよね？

ろうかにいた俊哉《しゅんや》と和真《かずま》とおしゃべりしていたら、教室《きょうしつ》から大きな物音《ものおと》がした。つづいて「びゃーっ」という泣《な》き声《ごえ》。ガラスがびりびりゆれるぐらいの大きな泣《な》き声《ごえ》。ただごとじゃない。

あわてて教室《きょうしつ》にはいる。

みくちゃんが、ひっくりかえった机《つくえ》といすのあいだで泣《な》いていた。三年生たちが遠《とお》まきにして、ぼうぜんとしている。

「どうしたの？」

みんなびっくり顔《がお》のままなにも答《こた》えない。

優愛《ゆうあ》はかけよって、みくちゃんの肩《かた》をだいた。

「どこかいたい？」

みくちゃんは、首《くび》を横《よこ》に

ふったけれど、泣《な》きやまなかった。

「たいしたことないよ」と、レイナがいった。胸《むね》の前《まえ》でうでをくんでいる。

「ころんだだけじゃん。このていどでそんなに泣《な》くかね？」

レイナはふんと鼻《はな》をならして教室《きょうしつ》を出ていった。

すごくやな感《かん》じ。レイナって、いじわるなの？

「あのね、レイナがどなったの。そんで、みくちゃんをつきとばしたの」

「そしたら、いすと机《つくえ》といっしょにたおれちゃったんだよ」

三年生たちが説明《せつめい》した。

「どうしてレイナはどなったの？」

「わかんない」

「みくちゃんは、おはようっていっただけなの」

「そしたら、なにすんの！ってどなってつきとばした」

みくちゃんは、あまえん坊《ぼう》だ。すぐにうでをくんできたり手をつないだり髪《かみ》をさわったりする。そしておはようというとき、だきついてくる。レイナは、きゅうにだきつかれておどろいたのかなと、優愛《ゆうあ》は思《おも》った。だけど。つい、つきとばしちゃったにしても、そのあとの態度《たいど》はつめたすぎる。

レイナって、いったいどんな子なんだろう。なかよくならないほうがいいのかも。なんだか胸《むね》の中にもくもくと灰色《はいいろ》の雲《くも》がわいてきた感《かん》じがした。

レイナは、チャイムと同時《どうじ》に教室《きょうしつ》にもどってきた。くちゃくちゃとガムをかんでいる。優愛《ゆうあ》はちらちらとレイナをみた。レイナはなんにもなかったような顔《かお》をして席《せき》について、ふつうに授業《じゅぎょう》をうけた。

三年生たちは、レイナが動《うご》くたんびにびくっとして、こわがっているのがよくわかる。もちろん目もあわせない。

だれかがだれかをつきとばすなんて、はじめてのことだった。ここでは、ケンカといえば口げんかだけ。兄弟《きょうだい》げんかのときには弟《おとうと》や妹《いもうと》がぶったりけとばしたりするけれど、年上の子はぜったいに暴力《ぼうりょく》をふるわない。それがあたりまえだった。

しかも、あやまりもしないなんて、レイナはなにを考《かんが》えているんだろう。

二時間目《じかんめ》の休み時間《じかん》。もしかしていつもみたいに質問《しつもん》にくるかもと、優愛《ゆうあ》は思《おも》った。俊哉《しゅんや》と和真《かずま》はレイナには知《し》らん顔《かお》でプロレスごっこをしていたけれど、俊哉《しゅんや》の机《つくえ》の上には電子辞書《でんしじしょ》がだしてあった。レイナの質問《しつもん》を調《しら》べるために、お父さんから借《か》りてきたものだ。でも、レイナはぷらっと教室《きょうしつ》をでていってしまった。

給食《きゅうしょく》のあと、レイナはつかつかとみくちゃんのところにいった。あやまるつもりなのかもしれない。

レイナは、みくちゃんの前《まえ》に立つと、腰《こし》に手をあてた。

「悪《わる》いのは、あんた。急《きゅう》にうしろからだきつくなんて、失礼《しつれい》だよ」

みくちゃんは、うつむいてかたまっている。

「あたし、最初《さいしょ》にいったよね？　体《からだ》をさわられるのがきらいだって」

そうだったっけ？　優愛《ゆうあ》はおぼえていなかった。みんなもたぶん同《おな》じだ。自己紹介《じこしょうかい》のときはあんまり早口でまくしたてたものだから、びっくりしてしまって、ぜんぶをききとれなかったのだ。

「おぼえていないなら、もう一度《いちど》いう。ことわりなく、あたしにさわるな！」

みくちゃんは、うわーんと泣《な》きだした。

「あーもう最低《さいてい》。泣《な》いてごまかすな。だれかにかばってもらえるって思《おも》って泣《な》くんでしょ？　ずるいよね。ばっかみたい。あんたみたいな甘《あま》ったれは一番《いちばん》きらい」

みくちゃんの泣《な》き声《ごえ》はますます大きくなった。

「あーうるさい」

レイナは、ポケットからイヤホンをだして耳につけた。

優愛《ゆうあ》は、あれ？とレイナの胸元《むなもと》をみた。イヤホンの先がプラプラゆれている。

アイポッドもなにもついていなくて、テレビにつけるイヤホンだ。音楽《おんがく》をきいていたわけじゃなかった。だったらなんでイヤホンをつけるんだろう。雑音《ざつおん》をききたくないから？　え、雑音《ざつおん》って、あたしたちの声《こえ》？　優愛《ゆうあ》は、レイナをみた。レイナになにかいいたいけれど、なにをいっていいかわからない。

イヤホンをじっとみていたら、レイナがいった。

「これ、考《かんが》えごとに向《む》いてるの。やってみたら？」

「……」

だまっていたら、レイナが肩《かた》をすくめた。

「つまんないから帰《かえ》ろうっと」

レイナはランドセルを背負《せお》うと、ちゃっちゃとでていった。

優愛《ゆうあ》はぽかんとした。五時間目《じかんめ》も六時間目《じかんめ》もあるのに、勝手《かって》に帰《かえ》るなんて……。

みくちゃんがだきついてきた。まだ泣《な》いている。一番《いちばん》きらいなんていわれたら、泣《な》くのはしかたがない。

「だいじょぶだいじょぶ」

優愛《ゆうあ》は、みくちゃんをきゅっとだきかえす。ふわふわして、少《すこ》しだけあまいにおいがしてかわいい。でも、レイナはいやなんだよね？　それはわかったけど……。小さい子をこんなに泣《な》かせるのはいけないことだ。だけど、だからどうしたらいいかはさっぱりわからなかった。

わかったのは……。レイナとは、いつもいっしょにいたり、ふたりだけのないしょ話《ばなし》をしたり、おそろいの髪《かみ》かざりをつけたりするなんてことは絶対無理《ぜったいむり》だってことだった。

もう、なかよしになることは、すっぱりあきらめるしかない。

五時間目《じかんめ》のときに、先生が「レイナさんは具合《ぐあい》が悪《わる》くて早退《そうたい》しました」といった。

そんなのうそだ。優愛《ゆうあ》は、びっくりして右の席《せき》の和真《かずま》と、そのむこうの席《せき》の俊哉《しゅんや》とも顔《かお》をあわせた。ふたりとも目がびっくりマークになっていた。

レイナは「つまんないから帰《かえ》る」といったのだ。給食《きゅうしょく》だって大盛《おおも》りのクリームシチューとパンとみかんゼリーをぺろっとたべていた。みくちゃんに文句《もんく》をいったときもパワフルだった。病気《びょうき》のわけがない。

先生にもうそつくなんて、レイナってほんとに、まったく、ええと、よんどころない！

あれ？　このよんどころないの使《つか》いかたはちがうのかな？　そういえば、よんどころない話《はなし》のかんじんなところ、若葉《わかば》ちゃんとどうやってなかよくなったかをきいていない。

優愛《ゆうあ》はなんだか腹《はら》がたってきて、ノートに「ムカムカッ！」とかいた。じいっとながめてから、消《け》しゴムで消《け》す。これは、気に入った言葉《ことば》を書《か》くノートだってことを思《おも》いだしたからだった。


次《つぎ》の日。レイナは学校を休んだ。その次《つぎ》の日も次《つぎ》の日も。

「帰《かえ》ったんじゃね？」

と、和真《かずま》がいった。

「どこに？」

「だから本土に」

本土からひっこしてきた人たちが、しばらくするといなくなってしまうのを優愛《ゆうあ》も知《し》っている。きたときは、ずっといるような感《かん》じなのに、そのうち帰ってしまう。三歳《さい》の快《かい》くんがいた家族《かぞく》は一年ちょっと、赤ちゃんの萌《もえ》ちゃんがいた家族《かぞく》は二年でひっこしてしまった。快《かい》くんも萌《もえ》ちゃんもかわいかったんだけどな。

「ここに住《す》みたくないって思《おも》っちゃったのかな」

「もっと自分《じぶん》にあうとこあったら、そこいくんじゃね？　オレにはここしかないけど」

和真《かずま》がめずらしく眉間《みけん》にしわをよせていった。こんな顔《かお》、はじめてだ。

「施設《しせつ》だったら、また受《う》け入《い》れてくれるんじゃないかな。いいとこだったっていってたし」

「そっか」

優愛《ゆうあ》はためいきをついた。

そりゃなかよくなるのはあきらめた。だけど、さよならもいっていないのに、もう会《あ》えないなんて……。

「あ」

今《いま》になって気がついた。レイナにいいたいことがある。みくちゃんのことだ。みくちゃんはあまえっこだけど、ずるくない。泣《な》いちゃうのは、気持《きも》ちがいっぱいになって涙《なみだ》になるだけだ。ごまかそうとしたわけじゃない。だきついたのも、昼休《ひるやす》みにお話《はな》ししてくれるレイナがすきだったからだ。そのことだけはわかってほしかった。ううん、わからなくても知《し》ってほしかった。それなのに。

でも、ほんとにレイナ、いなくなっちゃったのかな？

レイナは、どうしてさわられるのがあんなにきらいなのかな。人にはいいたくないことなのかな？

優愛《ゆうあ》にだって、いいたくないことはある。たとえば三年生でおねしょしちゃったこととか、一年生のときに食中毒《しょくちゅうどく》で入院《にゅういん》したのはお墓《はか》のお供《そな》えものを食《た》べたせいだったことや、朝《あさ》おしりをペチペチされることとか。

だけどレイナのいいたくないことは、もっとすごくいやなことなのかもしれない。

学校が終《お》わってから、優愛《ゆうあ》は校庭《こうてい》のガジュマルの木の下にいった。レイナはこの木がすきだ。時々《ときどき》、幹《みき》にだきついてなにか話《はな》しているふうだった。

そしてなんどものぼっていた。のぼっちゃいけないっていわれているから、先生にみつかると注意《ちゅうい》された。だけどレイナは平気《へいき》な顔《かお》で「ガジュマルが、のぼっていいっていったんです」と答《こた》えていた。

レイナは、ガジュマルと話《はなし》ができるのかどうかはわからない。でもレイナが話《はなし》をしていたのはほんとだと思《おも》う。どんな話《はなし》をしてたのかなあ。

優愛《ゆうあ》は幹《みき》をそっとさわってみた。表面《ひょうめん》はかさっとしているけど、手をおしつけると中はあったかいような気がする。葉《は》っぱの間《あいだ》から木もれ日がちらちらとしていた。

根元《ねもと》にすわって木によりかかってみる。これって、レイナが昼休《ひるやす》みにお話《はなし》をしていたときのポーズだ。

レイナ、ほんとにいなくなっちゃったのかな。

優愛《ゆうあ》は海《うみ》の上を船《ふね》がわたっていく様子《ようす》を思《おも》い浮《う》かべた。青い空と青い海《うみ》がとけあっている中を、ゆっくりと船《ふね》が進《すす》んでいく。遠《とお》くに、どんどん遠《とお》くに。

レイナは、この島《しま》をいやな思《おも》い出《で》にしちゃうのかな。それともすぐにわすれちゃうのかな。

「帰《かえ》ろ」

立ちあがってから、あれ?と思《おも》った。

こんなにだれかのことを考《かんが》えたのって、はじめてかも。

和真《かずま》も俊哉《しゅんや》もみくちゃんもほかの子たちも、みんな小さいころからいっしょだ。なにを考《かんが》えているのかなんて、思《おも》ったこともない。だって、いつもそこにいるし、ずっといる。たとえわからないことがあっても、そのうちなんとなくわかる。わからなくても、いっしょにいればそれで……。

「そうだ！」

ぐずぐず考《かんが》えていないで、とにかくレイナの家《いえ》にいってみよう。もしいなくなっちゃってたとしても、おかあさんがいるかもしれない。

そうだそうだ。いってたしかめればいい。

レイナが、この島《しま》やあたしたちのことがきらいでも、あたし、ちゃんとほんとのことがしりたい。

優愛《ゆうあ》は走《はし》りだした。

家《いえ》に帰《かえ》ってランドセルをおくと、テーブルにあったお菓子《かし》をポケットにいれてすぐにまた家《いえ》をでた。

レイナの家《いえ》にいって、レイナがいなくなったかどうかをたしかめる。まだいたら、みくちゃんのことを話《はな》すんだ。

レイナとはなかよくなれないってあきらめたら、きゅうにさっぱりした気持《きも》ちになった。今《いま》なら思《おも》ったことをなんでもいえる。
どうか、まだ家《いえ》にいますように！
ドキドキしながら石垣《いしがき》の外《そと》から様子《ようす》をうかがう。窓《まど》もレースのカーテンも
ぴったりしまっていてしんとしている。だれもいないって感《かん》じ。
はあっとためいきをついたときだ。ガラッと玄関《げんかん》があいた。優愛《ゆうあ》は、とっさ
にしゃがんで石垣《いしがき》のかげにかくれた。かくれる必要《ひつよう》なんてないんだけど。
だれかが走《はし》って門《もん》をでていった。
「あ」
若葉《わかば》ちゃんだ。若葉《わかば》ちゃんは、
優愛《ゆうあ》に気がつかなかったみたい。
っていうことは、レイナは
家《いえ》にいる！
優愛《ゆうあ》が門《もん》をはいると、レイナが

玄関《げんかん》のドアを半分《はんぶん》しめたところだった。

「レイナ！」

「あら」

レイナはふしぎそうな顔《かお》で、ドアをまたあけた。

「どしたの？」

「だって、学校こないから」

「すわんなよ」

レイナはおいでおいでと手をひらひらさせてあがりかまちにこしかけた。

優愛《ゆうあ》は、レイナのとなりにすわる。あけはなした玄関《げんかん》から、庭《にわ》がみえる。石垣《いしがき》にそって木が何本《なんぼん》もしげっている。手前《てまえ》の花だんには、赤い葉《は》っぱや青い花が植《う》えてあった。雑草《ざっそう》はほとんどなくてきちんとした庭《にわ》だ。

「熱《ねつ》、もうさがったから、ほんとはもう学校いけたんだけど。おかあさんが心配性《しんぱいしょう》だから、もう一日休めって」

「具合《ぐあい》、悪《わる》かったんだ……」

「うん。なんだかわかんないけど、熱《ねつ》が続《つづ》いてた」

具合《ぐあい》が悪《わる》いのはうそだなんて決《き》めつけて悪《わる》かったなと、優愛《ゆうあ》は反省《はんせい》した。心《しん》配《ぱい》するのがほんとなのに。

「で？」

「でって？」

「なんの用《よう》？」

ええと。レイナがいなくなっちゃったかもしれないからたしかめにきて、それで……。

「早くいって。あたし、仕事《しごと》があんのよ」

「仕事《しごと》？」

「そうじとせんたく。寝《ね》ていたあいだできなかったからね」

「だって、まだちゃんとなおってないかもしれないのに」

「だから、なおったって。う……」

レイナはおなかをおさえた。くるしそうだ。

「だいじょぶ？　どうしよう。どうしたらいい？」

レイナは片手《かたて》でおなかをおさえたまま、もう片《かた》ほうの手で、だいじょうぶっていうふうに手のひらをあげた。

「トイレ」

がばっと立ちあがって、トイレへといそぐ。

優愛《ゆうあ》は、どうしていいかわからずに、ぼうっとつったっていた。

しばらくしてレイナがもどってきた。

「ね、まだ寝《ね》ていたほうがいいよ」

「ううん、たべすぎ。きのうまでおかゆとうどんで、きょうからふつうのごはんになったから、おいしくてさあ」

「たくさんたべたの？」

「朝《あさ》はごはん一膳《ぜん》だったけど、十時《じ》ぐらいにおなかすいちゃってさ。お昼《ひる》ごはん用《よう》におかあさんがおいてってくれたパン二つたべて、お昼《ひる》はレトルトカレーとごはんとカップめん。そのあと若葉《わかば》がプリンもってきてくれたからそれたべた」

「すごっ！」

優愛《ゆうあ》は感心《かんしん》してしまった。テレビにでてくる大食《おおぐ》いアイドルみたいだ。

レイナは、また「う」とおなかをおさえてトイレにいった。

やっぱりたべすぎだ。感心《かんしん》している場合《ばあい》じゃない。きっとすごくおなかがいたいんだよね？　病院《びょういん》いったほうがいいかも。どうしよう。だれかに車でつれていってもらわないと。まずは、とうさんの携帯《けいたい》にかけてみて、でなかったら、そうだ、俊哉《しゅんや》のおかあさんなら家《いえ》にいる。洋裁《ようさい》の仕事《しごと》、いそがしくなければつれていってもらえるかも。

「あーびっくり」

レイナがもどってきた。けろっとした顔《かお》をしている。

「病院《びょういん》いこう」

「平気《へいき》だよ、こんぐらい」

レイナはポーンとおなかをたたく。

「それよか、優愛《ゆうあ》の用事《ようじ》をいいなよ」

「あ……」

なんだかいきおいがなくなってしまった。

「あのさあ！」レイナは立ちあがって、腰《こし》に手をあてた。

みくちゃんに文句《もんく》をいったときと同《おな》じポーズだ。

「さっさといいなよ。ぐずぐずしてんの、だいきらい！」

優愛《ゆうあ》は、レイナをみあげた。優愛《ゆうあ》はすわったままだからレイナがすごく大きくみえる。ちょっとこわい。

でも、まけないぞ。いいたいことをいわなきゃ。だって、ほんとはそのためにきたんだもの。よし。

優愛《ゆうあ》も立ちあがって、レイナをまっすぐみた。レイナは家《いえ》の中で優愛《ゆうあ》は玄関《げんかん》だから、やっぱりレイナが大きくみえる。

優愛《ゆうあ》は、大きく息《いき》をすって、一気にいった。

「みくちゃんはあまえっこだけどずるくない。泣《な》いちゃうのは気持《きも》ちがいっぱいになっちゃうからでごまかしてるのとはちがうし、きゅうにだきついたのはいけないいけどそれはレイナがすきだったからだよ！」

優愛《ゆうあ》はマラソンのあとのようにぜいぜいした。息《いき》つぎをわすれていた。
レイナは、眼《め》をまん丸《まる》にしていたけれど、「ほおおお」と変《へん》な声《こえ》をあげた。
「優愛《ゆうあ》、すごいじゃん」
感心《かんしん》したみたいないいかただ。
わかってくれたのかも。
優愛《ゆうあ》は、肩《かた》で息《いき》をしながら、にっこりした。

「早口でしゃべれるんじゃん？　トロトロとしかしゃべれないんだと思《おも》ってたよ」

え？　そこに感心《かんしん》したの？　しかもトロトロって……。

言《い》いかえしたいけれど、まだ息《いき》が整《ととの》っていなくてなにも考《かんが》えられない。

「じゃ、仕事《しごと》するから」

「まって。レイナは寝《ね》てなきゃ。そうじならあたし、やるから」

「おことわり！　里子《さとご》になるとき、あたし仕事《しごと》ができるってプレゼンしたのよ」

「プレゼン？」

「つまり自分《じぶん》をアピールしたわけよ」

「アピール……」

何《なに》をいっているのかよくわからない。俊哉《しゅんや》がいれば電子辞書《でんしじしょ》でぱぱってしらべてくれるのに。

「そうじせんたく料理《りょうり》ができるから、あたしを里子《さとご》にすると得《とく》ですよっていったわけ」

レイナは大きく息《いき》をすった。

「だれだってちいさくてかわいくてかしこい子がほしいのよ。大きな子なんかなまいきなだけでいらないのだけどあたしは役《やく》にたつ」

今度《こんど》はレイナが息《いき》つぎなしでいった。でも、ぜいぜいはしていない。

「わかる？　これは、ケイヤクなの。以上《いじょう》！　じゃ、学校で」

レイナは、しっしと優愛《ゆうあ》をおいはらって、ドアをぴしゃりとしめた。

4 ケイヤクはき

優愛《ゆうあ》は、レイナの家《いえ》からはなれられなかった。石垣《いしがき》の外《そと》から様子《ようす》をうかがう。レイナは、カーテンとガラス戸《と》をぱあっとあけた。それから掃除機《そうじき》をかけはじめる。とちゅうで、いなくなるのはたぶんトイレ。まだおなかがいたいんだと思《おも》う。

家《いえ》の仕事《しごと》をするのって、りっぱなことだ。優愛《ゆうあ》のかあさんだったら、「えらいわねえ」って感心《かんしん》するはず。だけど。おなかがいたいときは、休んだほうがいい。

レイナは「ケイヤク」だっていっていた。

ケイヤクって、知《し》っている。優愛《ゆうあ》の鹿児島《かごしま》のおばさんはケイヤク社員《しゃいん》。一年ごとに会社《かいしゃ》をつづけるかどうか話《はな》し合《あ》いがある。おばさんは、「来年《らいねん》は切《き》られちゃうかも」って心配《しんぱい》していた。切《き》られちゃうって、もうやとってもらえないってことなんだって。

つまりレイナは、ケイヤク子どもだ。何年《なんねん》のケイヤクなんだろう。仕事《しごと》をしないと、ケイヤクを切《き》られちゃうのかな。

考《かんが》えこんでいたら、「あれ？」って声《こえ》がした。

でっぷりしたおばさんが立っていた。ぎょろっとした目と大きな口が、おっかない。

「ええと、たしか優愛《ゆうあ》ちゃんよね。すっかりおねえさんになったね」

おばさんはにっこりする。ぎょろ目がほそくなって、やさしそうな顔《かお》になった。

「あ」この人、知《し》ってる。だれだか思《おも》いだせないけれど、知《し》っている人だ。

「レイナのおみまいにきてくれた？」

もしかして、レイナのおかあさん？　幼稚園《ようちえん》のころ、チョコレートをくれたサンタクロース？

「友《とも》だちができてよかったヨ。ほら、レイナは、ちょこっとかわってるとこあるから」

優愛《ゆうあ》は、うなずいてから、首《くび》を横《よこ》にまげた。うなずいたのは、ちょこっとかわってるっていうところ。首《くび》をひねったのは、友《とも》だちのところ。だって、友《とも》だちになれていないし、なかよしになることはあきらめたし。

「ほら、あがって。レイナ、もうすっかりよくなって、うつることないヨ。来《らい》週《しゅう》から学校いけるし」

おばさんは、おいでおいでをした。優愛《ゆうあ》は首《くび》をふる。

「もう会《あ》った。レイナ、おなかがいたいって」

「なんでヨ？」

「なんどもトイレいって、くるしそうだった」

「大変《たいへん》だワ！」

おばさんは、あわてて家《いえ》に入っていった。それは、本当《ほんとう》に子どもを心配《しんぱい》する、ふつうのおかあさんの後《うし》ろすがたにみえた。

ケイヤク子どもって、いったいなんなんだろう。優愛《ゆうあ》は、ますますわからなくなった。

はあってため息《いき》をついたとき、自分《じぶん》がのぞいていたのは、石垣《いしがき》の上の月桃《ゲットウ》の葉《は》っぱの間《あいだ》からだったと気がついた。これ、うちにもある。五月になると、ぶどうみたいにつらなった白い花がさく。月桃《ゲットウ》がさくと梅雨《つゆ》いりなんだって、かあさんがいっていた。島《しま》の梅雨《つゆ》は五月の連休明《れんきゅうあ》けぐらいから二か月近《ちか》くある。とっても長《なが》い。しとしとふることもあるけど、天の袋《ふくろ》がやぶけたみたいにドドドドーッとふるときもおおい。優愛《ゆうあ》の家《いえ》はトタン屋根《やね》だから、雨の音がすごい。テレビの音もきこえないし、ふつうの会話《かいわ》もうまくできない。何度《なんど》も「ええ？」とききかえさなきゃならない。

せんたくものもかわかないから、ろうかにはいつもせんたくものがぶらさがっている。

外《そと》で遊《あそ》べないし、だれかの家《いえ》にいくのもめんどくさい。かあさんは、車の運転《うんてん》をいやがって買《か》い物《もの》の回数《かいすう》がへる。どしゃぶりだとセンターラインもみえなくなっちゃうんだって。それで、ごはんのおかずもすくなくなる。

梅雨《つゆ》が終《お》わるのは、六月の終《お》わりで、ソテツの雄花《おばな》がさくころ。日ざしが強《つよ》くなって、とつぜん夏《なつ》になる。空はすかっとした青。海《うみ》はもっと深《ふか》い青。水平線《すいへいせん》はきらきらと銀色《ぎんいろ》に光りだす。優愛《ゆうあ》はこのときが一番《いちばん》すき。気持《きも》ちがうんとふくらんで、ぱあっとはじけそうになる。

来年《らいねん》のじめじめの梅雨《つゆ》。レイナはなんていうかな。レイナの家《いえ》もトタン屋根《やね》だから、おなじようにすごい音がするはず。もしかしておもしろがる？　それとも思《おも》いっきり悪口《わるくち》いうかな。

そしてそのあとの夏《なつ》。レイナにもみせてあげたい。絵葉書《えはがき》よりもっときれいなんだ。なかよしになれなくったって、いっしょに海《うみ》や空をみることはできる。ケイヤクがうんと長《なが》くてレイナがずっと島《しま》にいられたらいいのにな。

優愛《ゆうあ》は、海《うみ》の方《ほう》にむかって歩《ある》いた。たぶんレイナが毎朝散歩《まいあささんぽ》している道《みち》だ。両側《りょうがわ》にはずっとさとうきび畑《ばたけ》がつづいている。

前《まえ》にレイナにきかれたことを思《おも》いだす。

風《かぜ》がふいてさとうきびがゆれるとき、どんな音がする？

レイナは「シャラシャラ」っていっていた。

優愛《ゆうあ》はそうかもなあって思《おも》ったけど、半分《はんぶん》はどうでもいいかなとも思《おも》った。だって、そんなこと、考《かんが》えたこともない。さとうきびがあるのも、風《かぜ》がふくのも、あたりまえのことだから。

優愛《ゆうあ》は、たちどまって目をとじてみた。

サラサラ……

かわいた音。だけどちょっとほっこりもする音。音がすうっと体《からだ》をとおりぬけていく。メロディにはなっていないけれど、風《かぜ》とさとうきびの音楽《おんがく》なんだと優愛《ゆうあ》は思《おも》った。

この音楽《おんがく》、きっときくたんびにちがうんじゃないかな。

サラサラのとき、シャラシャラのとき、ざわわのとき。ほかにもきっといっぱいある。耳をすましていないとききのがしちゃう。

レイナにこのことをいいたかった。早く学校にくるといいなあ。

優愛《ゆうあ》は家《いえ》にかえって、「ケイヤク子ども↓?」「風《かぜ》とさとうきびの音楽《おんがく》」とノートに書《か》いた。

次《つぎ》の週《しゅう》になっても、レイナは学校にこなかった。

優愛《ゆうあ》は、レイナの席《せき》をみる。ぽっかりとあいて、教室《きょうしつ》がすごくさみしくみえる。

レイナ、まだおなかがいたいのかな。

ケイヤク子どもは、ちゃんとかんびょうしてもらえるんだろうか。あのおかあさんならだいじょうぶ、だよね？

考《かんが》えていたら、つんつんと背中《せなか》をつつかれた。みくちゃんだ。るなちゃんのうでにつかまりながらもじもじしている。

「なあに？」

「あのね」

みくちゃんは、るなちゃんの背中《せなか》にまわって、首《くび》の横《よこ》から顔《かお》をだした。

「レイナはもう学校にこないの？」

「ううん。具合《ぐあい》がよくなったらくると思《おも》うよ」

「よかった！」

みくちゃんは、ぴょんぴょんはねた。るなちゃんもいっしょにはねる。うさぎのダンスみたい。

「あれえ？　レイナのこと、こわがってたんじゃない？」

「うん」

みくちゃんはうさぎのダンスを続《つづ》けながら答《こた》える。

「おこるとこわいヨ。でもおこらないときは、おもしろいヨ」

ねえ〜っとるなちゃんと顔《かお》をみあわせている。みくちゃんって、あんがいたくましい。

「またお話《はなし》ききたいな」

と、るなちゃん。ね〜っと、またみくちゃんと顔《かお》をあわせている。

てっきりレイナをきらっていると思《おも》っていたからびっくりだ。レイナは、もっとおどろくんじゃないかな。

そういえば、レイナのすごくおどろいた顔《かお》って、まだみたことがない。

優愛《ゆうあ》はレイナのびっくり顔《がお》を想像《そうぞう》して、くすっとわらった。


優愛《ゆうあ》は、学校から帰《かえ》って、おやつを食《た》べたらすぐにレイナの家《いえ》にいこうと思《おも》った。和真《かずま》と俊哉《しゅんや》もいきたがったけれど、スポーツ少年団《しょうねんだん》のサッカーの練習《れんしゅう》日だからだめだった。

優愛《ゆうあ》のおやつは、冷凍《れいとう》してあったマンゴー。まだ半分凍《はんぶんこお》っているから、シャリシャリしている。あとから口いっぱいにあまみがひろがってうっとりしちゃう味《あじ》だ。

レイナは、食《た》べたことあるかなあ。もっていってあげたいけど、きょうはダメ。まだおなかがなおっていないかもしれないし、なおっていても、また食《た》べすぎたらたいへんだ。でも、おみまいになにかもっていきたいな。

「そうだ」

道《みち》ばたにさいているお花をつんでもっていったらいいかも。おみまいっぽい感《かん》じがする。

残《のこ》ったマンゴーをぱくぱくっと口にいれて、もぐもぐしながら表《おもて》に出る。

レイナが毎朝散歩《まいあささんぽ》していたコースで歩《ある》いてみる。海《うみ》までいって、きょうの海《うみ》の様子《ようす》をみて、報告《ほうこく》してあげるんだ。

レイナは、海《うみ》の表情《ひょうじょう》は毎日《まいにち》ちがうっていっていた。海《うみ》の表情《ひょうじょう》ってなんなんだろう。それをきいたとき、ノートに「海《うみ》の表情《ひょうじょう》→?」って書《か》いたけれど、すっかりわすれていた。きょう、ちゃんとみてみなきゃ。

はなやかな花はなかったけれど、黄色《きいろ》と白とピンクの花がさいていた。四月ぐらいだったら、ユリやアマリリス、グラジオラスもあるんだけどね。そうだ、真《ま》っ白《しろ》のテッポウユリがわあっとさいている花畑《はなばたけ》、レイナにみせてあげたいな。あとで花束《はなたば》にする花をチェックして、まずは海《うみ》にいく。海《うみ》は毎日《まいにち》学校からみているけれど、浜《はま》にいくのはひさしぶり。子どもたちだけでいっちゃいけないっていわれてるから、夏休《なつやす》みにとうさんといったきりだ。

港《みなと》の横《よこ》の小道《こみち》をくだって小さい浜《はま》にでる。ここのサンゴの白い砂《すな》の中は、星《ほし》砂《ずな》がたくさんみつかる。幼稚園《ようちえん》のころには、かあさんとさがしにきていたのに、いつのまにかこなくなっていた。

きょうは潮《しお》がひいていて、海《かい》そうがついた岩《いわ》がみえている。あおさのりと潮《しお》のにおいがする。大きく息《いき》をすうと、海《うみ》の香《かお》りが体《からだ》にひろがった。すごく元気《げんき》になる感《かん》じ。

海《かい》そうがついていない岩《いわ》をえらんで、ちょっと歩《ある》いてみる。こんなことってめったにない。もしかしてこれって……。

左がわの大きい岩《いわ》のむこうをのぞきこむ。

「やっぱり！」

潮《しお》がひいているときだけにできる、サンゴの砂《すな》の道《みち》があった。このむこうはひみつの浜《はま》だ。

優愛《ゆうあ》は、一度《いちど》だけいったことがある。幼稚園生《ようちえんせい》のとき、とうさんと貝がらひろいにきたら、こんなふうに潮《しお》がひいていた。とうさんが、「おっ、ひみつの浜《はま》にいけるぞ」といった。

ドキドキしながら、浜《はま》にわたる。

小さな浜《はま》は、まっ白だった。しーんと静《しず》かで、ここだけ時間《じかん》が止《と》まっているようだった。

「あ……」

人がいた。大の字になってねころがっている。レイナだ！

「レイナ！」

レイナがむくっとおきあがる。

「もうだいじょうぶなの？」

「なにが？」

「おなか、なおった？」

「ああ……それか」

それかって、ほかになにかあったのかな。

「なおったよ。あしたは学校にいく。いくけどさ」

いくけど、なに？

優愛《ゆうあ》は、レイナの横《よこ》にすわってレイナが話《はな》しだすのを待《ま》った。なんだかたいへんなことがおこっている感《かん》じがした。

「ケイヤクはきかも」

「はき？」

「切《き》られるってこと」

レイナはひざをかかえて、ひざの上にあごをのせた。優愛《ゆうあ》もまねしてみる。

「かあさんに、しかられた。もう勝手《かって》にたべちゃいけないって」

「あたしんちもそうだよ。これたべていい？ってきいてからたべるよ」

「それだけじゃなくてさ。はたらくなっていわれた。つまりケイヤクおしまいってこと」

レイナは、ため息《いき》をついた。いつもよりレイナが小さくみえる。

「最後《さいご》のチャンスだったのに。そもそも熱《ねつ》だしちゃったのがまずかったよ。病《びょう》気《き》になるなんてサイテー」

「だれでも病気《びょうき》になるよ」

はげますつもりでいったのに、よわよわしい声《こえ》になってしまった。

「前《まえ》のときも失敗《しっぱい》したんだ」

「前《まえ》のとき？」

「一年生のとき。ママができたのね。きれいな人で、あたし、すぐに大すきになった。絵本《えほん》をよんでくれて、いっしょにバドミントンした。あたし、はじめておうちができてはしゃいでたんだ。そんで、ママがお料理《りょうり》してるとき、うしろからだきついたの」

「レイナが？」

レイナがだきついたなんて……。

「うん。そしたらママがキャッていって、おなべがひっくりかえって、熱《あつ》いスープをかぶっちゃった」

「うわ。やけどしなかった？」

「お風呂場《ふろば》でジャンジャン水かけられたから、だいじょうぶだった。でも、ママはわんわん泣《な》いて、なんどもなんどもごめんねってあやまって。そのあと施設《しせつ》にかえされた。自信《じしん》がなくなっちゃったんだってさ」

レイナはすっくと立ちあがって、ぐんとのびをした。

「今度《こんど》はうまくいくと思《おも》ったのになあ」

石をひろって海《うみ》になげる。石はポシャンとさみしい音をたてて海《うみ》にしずんだ。

優愛《ゆうあ》も石をひろって、レイナの横《よこ》にたつ。「こうするんだよ」

シュッと海《うみ》になげる。石は、トントントントンと四回《かい》はずんでからしずんだ。

遠《とお》くにしずんだから音はきこえない。

「すごっ。なにそれ、どうやるの？」

レイナは目をきらきらさせている。いつものレイナだ。

「まずね、平《ひら》たい石をさがすの」

優愛《ゆうあ》はとくいになってレイナに水切《みずき》りをおしえた。

「あ、一回《かい》とんだ！」「おー三回《かい》！」「あー失敗《しっぱい》！」

レイナはいちいち大声《おおごえ》でさけんで、石をなげつづけた。優愛《ゆうあ》もつづける。

「あのね、みくちゃんがレイナにあいたがってたよ」

「え？　だれが？」

レイナが手をとめて優愛《ゆうあ》の顔《かお》をみた。

「みくちゃん。るなちゃんもまたお話《はなし》ききたいって」

レイナの目がまんまるになった。口はO《オー》の字の形《かたち》であいている。優愛《ゆうあ》はくすっと笑《わら》った。だって、すごくおもしろい顔《かお》だったんだ。

「ええと」

レイナは、また石をなげた。こんどは四回《かい》はねた。

「優愛《ゆうあ》、あそこみて」

水平線《すいへいせん》を指《ゆび》さしている。日の光《ひかり》があたって、銀色《ぎんいろ》に光《ひか》っている。

「あれは、風《かぜ》の国《くに》」

「風《かぜ》の国《くに》ってなに？」

レイナは、にかっと笑《わら》った。

「あした話《はな》してあげる」

「わかった」

　それからふたりは、夕方《ゆうがた》になるまで水切《みずき》りをした。レイナの最高《さいこう》は四回《かい》。優《ゆう》愛《あ》は六回《かい》だったからレイナが地団太《じだんだ》をふんでくやしがった。

　空がオレンジ色《いろ》になった。ふたりとも水切《みずき》りをやめて、水平線《すいへいせん》にしずんでいく夕日をみた。

「夕焼《ゆうや》けって、さよならの色《いろ》だね」

と、レイナがいった。

「きょう一日のおわり。なんにでもおわりがあるんだよ」

　優愛《ゆうあ》は、時間《じかん》が止《と》まってずっとこのまま浜《はま》にいられたらいいのにと思《おも》った。だけど風《かぜ》の国《くに》の話《はなし》もききたいから、やっぱり早くあしたになればいいとも思《おも》った。

5 風《かぜ》の国《くに》

レイナは、すっかり元気《げんき》になって学校にくるようになった。

「あのね、みく、もうきゅうにだきつかないよ。だからまたお話《はなし》、して」

「るなもききたい」

「どうしよっかなあ。優愛《ゆうあ》、どう思《おも》う？」

「きのう風《かぜ》の国《くに》の話《はなし》、してくれるっていってたよね？」

「そうだったっけ？」

「そのお話《はなし》、ききたい！」

「きかせて！」

みくちゃんとるなちゃんは大さわぎ。

レイナは「話《はな》そうかなあ〜、話《はな》すのよそうかなあ〜♪」と、もったいぶっていたけれど、次《つぎ》の日から話《はな》しはじめた。

いつもはこなかった和真《かずま》と俊哉《しゅんや》もききにきたから、お話《はなし》はサッカーで中断《ちゅうだん》されることがなくて、昼休《ひるやす》みはお話《はなし》タイムになった。

いつのまにか若葉《わかば》ちゃんもちょこんと芝生《しばふ》にすわっていた。若葉《わかば》ちゃんは話《はなし》がおわると、すうっと帰《かえ》った。優愛《ゆうあ》はすぐに気づいたけれど、みくちゃんたちが気づいたのは、二日目。

「さっき若葉《わかば》ちゃんいたよね」

「うん。帰《かえ》るとこみた」

優愛《ゆうあ》は、みくちゃんとるなちゃんの肩《かた》をそっとたたいた。

さわがないほうがいいと思《おも》うよ。言葉《ことば》にしなかったのに、みくちゃんもるなちゃんもなぜだかうんとうなずいた。

「お日様《ひさま》の光《ひかり》で、水平線《すいへいせん》のあたりが銀色《ぎんいろ》に光《ひか》るでしょう？」

レイナのお話《はなし》は、こうはじまった。

「あれが、風《かぜ》の国《くに》。鏡《かがみ》のような海《うみ》を静《しず》かにわたっていった人びとは、風《かぜ》の国《くに》にたどりつくの」

みくちゃんとるなちゃんが、顔《かお》をみあわせてささやきあう。

「それって死《し》んだひとたちのこと？」

「天国《てんごく》？」

「天国《てんごく》って、お空じゃないの？」

「そうだよ。ばあちゃんは空にいったって、おかあさんがいってた」

「天国《てんごく》、二つあるのかも。空と、風《かぜ》の国《くに》と」

レイナは、みくちゃんたちがだまるのを待《ま》って、続《つづ》きを話《はな》しだす。

「風《かぜ》の国《くに》では、病気《びょうき》もけがも全部《ぜんぶ》なおっていて、おなかもすかない。お金の心《しん》配《ぱい》もない。毎日《まいにち》ふんわりとした良《よ》い天気で、緑《みどり》も花も美《うつく》しいの」

「ユリもある？」

「グラジオラスは？」

「両方《りょうほう》さいてる。ハイビスカスもね」

「島《しま》といっしょだ！」

「そしたら、あれは？　デイゴは？」

「ほら、あれは？　赤いユリ」

「アマリリスっていうんだよ」

「俊哉《しゅんや》って、花の名前《なまえ》にもくわしいわけ？」

「そうでもない」

おしゃべりが止《と》まらなくて、話《はなし》の続《つづ》きがきけない日もあった。だけどそれもおもしろかった。

レイナは、にこにこして、みんなのおしゃべりをきいていた。ふだんより大人っぽい顔《かお》にみえた。

「木々《きぎ》も花も鳥《とり》も、みんな島《しま》とおなじ。でも、風《かぜ》の国《くに》にしかない木が一本だけあるの。それはね」

レイナは声《こえ》をひそめた。みんなもぐっと前《まえ》に体《からだ》をのりだした。

「銀色《ぎんいろ》の葉《は》をつけている木。とどかなかった言葉《ことば》たちの木なの」

だれかが、ほうっとため息《いき》みたいな声《こえ》をあげた。

「風《かぜ》の国《くに》の人びとは、水をやり、木をだきしめて、話《はな》しかける。そうすると、言葉《ことば》の葉《ぱ》っぱたちが軽《かろ》やかに飛《と》びたっていくことができる」

ガジュマルの葉《は》っぱがさわさわと音をたてた。「ほんとだよ」といっているように優愛《ゆうあ》にはきこえた。

「飛びたった言葉《ことば》は、あたしたちのもとにとどきます。けれど、なかには地面《じめん》におちてしまう葉《は》っぱもあります。わたしをひろってと、葉《は》っぱがうったえます。言葉《ことば》が重《おも》すぎて、飛《と》びたてないのです。ふるえている葉《は》もあります。行《ゆ》き場《ば》をなくして、どうしていいのかわからない思《おも》いをかかえています。風《かぜ》の国《くに》の人びとは、葉《は》っぱをていねいにひろいあつめ、そっと風《かぜ》にのせてはなしてあげます。風《かぜ》は言葉《ことば》をつつみ、さまざまな風《かぜ》になります。そよそよとしたほほえみの風《かぜ》。はげしい情熱《じょうねつ》の風《かぜ》。たたきつける怒《いか》りの風《かぜ》。くるくるまわるいたずらな風《かぜ》。言葉《ことば》にこめられた思《おも》いは、レースあみにして空にうかべます。思《おも》いはちょうになり雲《くも》になり虹《にじ》になり、やがて静《しず》かにとけていき、メロディをかなでるのです」

と、話《はなし》はおわった。

最後《さいご》まできくのに四日かかった。

「風《かぜ》の国《くに》の話《はなし》って、絵本《えほん》？　図書室《としょしつ》にあるかな」と、俊哉《しゅんや》。

「わ。オレ、絵《え》みてみたい」と和真《かずま》。

レイナは、ふふんと肩《かた》をすくめた。優愛《ゆうあ》が「もしかして、レイナのオリジナルなの？」ときくと「きまってるじゃない」と、腰《こし》に手をあてて胸《むね》をはった。

「学校休んでたときにつくった」

「へえ」「ほう」「ふう」

と、三人とも感心《かんしん》。レイナは鼻《はな》の穴《あな》をふくらませて得意《とくい》そうだった。

その日、レイナは教室《きょうしつ》そうじにくわわった。はじめてのことだった。

いつもは、たらたらてきとうにやっていたのに、レイナがあんまりてきぱきとやるから、みんなもつられていっしょうけんめいやった。すごく早くおわったのに、教室《きょうしつ》はきれいになった。

帰《かえ》り道《みち》。優愛《ゆうあ》はレイナといっしょだった。

「レイナのつくったお話《はなし》って、ほかにもあるの？」

「あるよ。イルカの話《はなし》と、猫《ねこ》の話《はなし》と、シャボン玉の話《はなし》」

「わ。じゃあ、つぎ、どれかきかせて」

「うーん」

レイナは、ランドセルをおろして、前《まえ》にかかえなおした。胸《むね》のランドセルをポンポンたたいてなにか考《かんが》えている。ポンポンポン……。

「たぶん無理《むり》」

「どうして？」

「ちょっと長《なが》い話《はなし》なんだ。だから……」

だからなんで？　優愛《ゆうあ》もランドセルを前《まえ》にかかえてみた。

「長《なが》いと、話《はな》すのがたいへんだから？」

「じゃなくて。最後《さいご》まで話《はな》せないといやだからだよ」

優愛《ゆうあ》は、ランドセルをなでてみた。でもなんでだかわからない。

「きのう、おかあさんが施設《しせつ》の人と電話《でんわ》してたんだ。ケイヤク切《き》られるの、近《ちか》いうちだと思《おも》う」

優愛《ゆうあ》は、ランドセルをぎゅっとだきしめた。

「そういえばさ」

レイナは明《あか》るい声《こえ》になってしゃべりはじめた。

「カカカってなく鳥《とり》の名前《なまえ》知《し》ってる？　毎日《まいにち》うちの前《まえ》の電線《でんせん》にとまってるの」

別《わか》れ道《みち》にいくまで、レイナはいろいろ質問《しつもん》してきたけれど、優愛《ゆうあ》は答《こた》えられなかった。頭《あたま》がぼうっとしていた。

日曜日《にちようび》。優愛《ゆうあ》は、かあさんがつくってくれたおひるごはんのお弁当《べんとう》をたべて、ごろんとした。テレビもみる気になれないし、マンガも本も読《よ》む気になれない。頭《あたま》に浮《う》かぶのは、レイナのこと。

レイナは、あとどれぐらいここにいられるのかな。近《ちか》いうちっていっていたけれど、四年生がおわるまではいられるよね？　それとも二学期《がっき》がおわるまで？

これまでにもさよならはたくさんしてきた。

去年《きょねん》、校長《こうちょう》先生が本土に帰《かえ》ったときは、みんなで港《みなと》におみおくりにいった。校歌《こうか》をうたってあくしゅした。ちょっぴり涙《なみだ》がでちゃったけれど、きちんとさよならできるのはいいことだと思《おも》う。あとで気持《きも》ちがさっぱりする。

だけど。レイナは、ぱっと急《きゅう》にいなくなっちゃう感《かん》じがする。ふりかえったら姿《すがた》がなくなるケンムンみたいに。

そんなのいやだなあ。たたみの上をごろごろころがっていたら、玄関《げんかん》のチャイムがなった。

ドアをあけてびっくり。若葉《わかば》ちゃんがたっていた。ピンク色《いろ》の小さいリュックをしょっている。

「あのね」

若葉《わかば》ちゃんの声《こえ》って、はじめてきいた。細《ほそ》くて高《たか》い声《こえ》だ。

「ええとね」

若葉《わかば》ちゃんはうつむいて、もじもじした。

スニーカーのつまさきで地面《じめん》をくるくるこすっている。優愛《ゆうあ》もいっしょになってつまさきをみながらもじもじした。こんなとき、どうしていいのかぜんぜんわからなかった。

「あ」きゅうに思いついて「あがったら?」といった。「冷凍《れいとう》マンゴーがあるよ」

若葉《わかば》ちゃんは、思いきったように顔《かお》をあげた。

「こども園《えん》にいきたい」

「こども園《えん》？」

こども園《えん》は、自転車《じてんしゃ》で十五分《ふん》ぐらいのところにある。日曜日《にちようび》でも小さな子どもをあずかってくれるところだ。

「どうして？」

「レイナのおかあさんがいる」

「え？」

「はたらいてる」

はじめてしった。そういえば、この間《あいだ》あったときも畑仕事《はたけしごと》のかっこうじゃなかったっけ。「レイナのおかあさんにあいにいくの?」

「うん。そしてたのむ」

「たのむ?」

若葉《わかば》ちゃんは、きっとした顔《かお》で答《こた》える。

「ケイヤク、のばしてもらうようたのむ」

そうか! そういう方法《ほうほう》があったか!

ぜんぜん気がつかなかった。大人がきめたことはぜったいで、子どもはだまっていうことをきかなきゃいけないんだって思《おも》いこんでいた。だけど、こうしてほしいとかこうしたいっていってもいいんだよ。

若葉《わかば》ちゃんってすごい。

「わかった。いっしょにいこう」

優愛《ゆうあ》は、いそいで麦茶《むぎちゃ》を水とうにつめて、タオルといっしょにリュックにいれた。

若葉《わかば》ちゃんは、上《のぼ》り坂《ざか》になると自転車《じてんしゃ》をおりた。ちょっとのゆるい坂道《さかみち》でもだめだった。だからこども園《えん》につくのはすごく時間《じかん》がかかった。でも、そのおかげでおしゃべりができた。

「レイナのおとうさんってなにしてる人かな」

「牛だよ。牛飼《うしか》いの仕事《しごと》がないときは船《ふね》で釣《つ》り」

若葉《わかば》ちゃんは、レイナのことをよくしっていた。きっとなんどもいっしょに散歩《さんぽ》したり、あそんだりしているんだね。

「どうやってレイナとなかよくなったの？」

「よんどころない話《はなし》」で一番《いちばん》ききたかったのにきけなかったことだ。

「朝《あさ》、さとうきび畑《ばたけ》の間《あいだ》の道《みち》を歩《ある》いてたら、むこうからレイナが歩《ある》いてきたの」

「うん」
「レイナがにかって笑《わら》ったから、あたしもにこっと笑《わら》った。そして海《うみ》にいって
いっぱいおしゃべりした」
優愛《ゆうあ》は話《はなし》の続《つづ》きをまったけれど、その先はなかった。
優愛《ゆうあ》は頭《あたま》をひねった。そんなことでなかよくなれるなんて……。優愛《ゆうあ》たちが
何度《なんど》も若葉《わかば》ちゃんの家《いえ》にいっても顔《かお》もみせなかったのに。なんで？
もしかして。若葉《わかば》ちゃんはふつうがよかったのかも。優愛《ゆうあ》たちは、若葉《わかば》ちゃ
んが学校にこないからっておおげさすぎたのかも。だけど。
「それでガジュマルの木にのぼってうたったの？」
「うん。ガジュマルの木にのぼると気持《きも》ちいいよっておしえたら、いっしょに
いこうって」
「……。若葉《わかば》ちゃん、これまでにものぼったことあるの？」
「たまに」

「そんなの、ぜんぜん知《し》らなかった。だれにも気づかれずに木にのぼっちゃってたなんて、なんだかすごい」

次《つぎ》に自転車《じてんしゃ》からおりて歩《ある》いたときに、若葉《わかば》ちゃんが思《おも》いだしたようにいった。

「さいしょ、レイナがいってた。若葉《わかば》ちゃんはあたしとにたようなにおいがするよって」

「なんのにおい？」

「ここにいていいのかなあって思《おも》ってるにおいだって」

優愛《ゆうあ》はたちどまってしまった。ここにいていいか悪《わる》いかなんて考《かんが》えたこともない。レイナも若葉《わかば》ちゃんもそういうことを考《かんが》えてたなんて……。それってどういう気持《きも》ちだろう。

ぼうっとしていたら、若葉《わかば》ちゃんに「どうしたの？　いくよ」といわれてしまった。

こども園《えん》についたとき、レイナのおかあさんは、絵本《えほん》のよみきかせをしていて、ちょうど最後《さいご》のページだった。

「レイナのケイヤクをのばしてください」

若葉《わかば》ちゃんはいっきにいうと、優愛《ゆうあ》の背中《せなか》にかくれた。優愛《ゆうあ》は、どういうことかせつめいしたけど、うまくいえたかどうかわからなかった。

おかあさんは、少《すこ》しの間《あいだ》だまって考《かんが》えていたけど、「きょう、話《はな》しあってみるワ」とだけ答《こた》えた。それから「心配《しんぱい》してくれてありがとね」といっておかしをくれた。

帰《かえ》り道《みち》は、下《くだ》り坂《ざか》がおおかったから、いくときよりも楽《らく》だった。

とちゅうで一度《いちど》だけきゅうけいして、もらったおかしをたべた。ふわふわしたパンケーキで中にクリームがはいっていた。

「おいしいね」

顔《かお》をみあわせて、うふふっとした。若葉《わかば》ちゃんは、にっこりするとえくぼができた。

まっすぐさきに海《うみ》がみえた。水平線《すいへいせん》のあたりが銀色《ぎんいろ》に光《ひか》っている。風《かぜ》の国《くに》だ。

「レイナのおとうさんとおかあさんは、あそこにいるんだと思《おも》うよ」

と、若葉《わかば》ちゃんがいった。

「小さいとき、死《し》んじゃったんだってレイナがいってた」

「そう……」

「なんで施設《しせつ》にいたの？ってきいたらね、おしえてくれた」

「えっ」

おどろいて若葉《わかば》ちゃんをみる。だって、そういうのって、きいたらいけないことなんじゃない？

「レイナがね、『若葉《わかば》は、なんで学校いかないの？』ってきいたの」

またまたびっくり。それも、きいたらいけないことだと思《おも》う。

「だまってたらね、『答《こた》えたくないときは、いいたくないっていえばいいんだよ』って教《おし》えてくれた。『きくのも自由《じゆう》。答《こた》えるのも自由《じゆう》』だって。だからあ

BUS
はま
おか
みなと
8:00
10:00
12:00
14:00

たしもきいてみたの」

優愛《ゆうあ》は目をぱちくりした。それは正しいような気もした。だけど、自分《じぶん》にはできないなあ。きかれたらいやだろうなって思《おも》うことは、きけないもの。これ、正しいとかまちがっているじゃなくて、それぞれの考《かんが》えってことなのかな。

きらきら光《ひか》っている風《かぜ》の国《くに》は、ふうっと光《ひかり》がうすくなった。かわりに空がオレンジ色《いろ》になってきた。夕焼《ゆうや》けだ。

「夕焼《ゆうや》けは、さよならの色《いろ》だって、レイナがいってた」

優愛《ゆうあ》がいうと、若葉《わかば》ちゃんは、「今日《きょう》の日はさようなら」の歌《うた》をうたった。

気持《きも》ちのいい歌声《うたごえ》だった。

「あ」

歌《うた》がおわったとき、優愛《ゆうあ》はすごいことを思《おも》いついた。

「若葉《わかば》ちゃん、夜《よる》のおわりってみたことある？」

「え？」

「一日のおわりは、いつもみられる。夕焼《ゆうや》けがはじまって、夜《よる》の空にかわるのも。でも夜《よる》のおわりって、みたことないよ。ほら、起《お》きたら朝《あさ》だし」

「夜《よる》のおわり……」

「あした、みにいこう！　レイナもさそって」

「うん。みたい！」

「じゃあ朝《あさ》五時半《じはん》に若葉《わかば》ちゃんちの前《まえ》。おきられる？」

「がんばる」

二人は急《いそ》いで帰《かえ》った。帰《かえ》り道《みち》でレイナの家《いえ》によってさそうと、レイナはすぐに「いく！」と答《こた》えた。

あとで、レイナのおかあさんにあいにいったことをいわなかったことに気がついたけれど、べつにいいかなと思《おも》った。

6 夜《よる》のおわりと朝《あさ》のはじまり

優愛《ゆうあ》は、目《め》ざまし時計《どけい》がなる前《まえ》にぱちっと目をさました。朝《あさ》、五時《じ》十分《ぷん》。部屋《へや》はまだ真《ま》っ暗《くら》。

ゆうべ寝《ね》る前《まえ》に、まくらをなでながら「まくらさんまくらさん、あした五時《じ》十五分《ふん》にはおこしてください」とおねがいしておいたら、ちゃんとおきられた。

これ、レイナにおそわった方法《ほうほう》だ。

レイナも若葉《わかば》ちゃんもきっとおきているはず。

とうさんとかあさんをおこさないように、そうっとふとんをぬけだして、おもてにでる。

空にには星《ほし》が光《ひか》っていた。まだ夜《よる》のつづきだ。

かいちゅうでんとうで足もとをてらしながら、若葉《わかば》ちゃんの家《いえ》の前《まえ》にいく。

レイナはもうきていた。

「ホッホウホッホウいってるのって、ふくろう？」

レイナが小声《こごえ》できいた。

「え？」耳をすますと、ホッホウホッホウという声《こえ》がきこえた。夜《よる》の王様《おうさま》みたいな声《こえ》だ。こんなに大きな声《こえ》なのに、気がつかなかったなんて……。

「うん。その仲間《なかま》」

名前《なまえ》はアオバズクだったかな、コノハズクだったかな。あとで俊哉《しゅんや》にきかなくちゃ。

「音、きこえそうだね」

レイナが小声《こごえ》でいった。

「音？」

優愛《ゆうあ》も小声《こごえ》でききかえす。

「星《ほし》のまたたく音」

ふたりでだまって空をみあげていたら、いつのまにか若葉《わかば》ちゃんもとなりにいた。若葉《わかば》ちゃんたら、忍者《にんじゃ》みたいだ。物音《ものおと》をたてないですうっとくる。

「いこっか」

レイナの号令《ごうれい》で、歩《ある》きはじめる。海《うみ》につづく道《みち》だ。りょうがわにはさとうきび畑《ばたけ》。この道《みち》は、夜《よる》のはじまりの夕焼《ゆうや》けが、いちばんきれいにみえる。

だけど。この道《みち》、いつもとちがうみたい。木や草が、ぐーんと枝《えだ》や葉《は》っぱをのばしていて、くらやみといっしょにのしかかってくるみたい。畑《はたけ》のさとうきびもなんだか背《せ》がたかくて大きいかんじ。じぶんがとってもちっぽけに思《おも》える。

ホッホウという声《こえ》がとぎれると、ゴーンゴゴゴーと海《うみ》の音がひびく。夜《よる》ねるときに家《いえ》の中でもきこえるけれど、外《そと》できくとこんなに大きい音だったなんて、びっくり。海《うみ》の音はつよくてたくましい。だけど、ぐいぐいっと海《うみ》にひっぱられるような気もしてちょっとこわい。

若葉《わかば》ちゃんが優愛《ゆうあ》のT《ティー》シャツをぎゅっとつかんだ。優愛《ゆうあ》もレイナのシャツをつかみたかったけれど、がまんした。

まがりかどの低《ひく》い木は、ソテツ。黒《くろ》い影《かげ》のかたまりみたい。かいちゅうでんとうでてらしてみる。「ひゃっ」優愛《ゆうあ》は、小さく声《こえ》をあげた。とがった葉《は》っぱが、優愛《ゆうあ》にむかってズンとうごいた気がしたからだ。近《ちか》よるなっていっているみたい。

「どうした?」レイナがふりかえる。

若葉《わかば》ちゃんが優愛《ゆうあ》の背中《せなか》におでこをつけた。こわがらせちゃったみたいだ。

「だいじょぶ。なんでもない」

もういちどソテツをてらしてみる。やっぱりぶきみだったけれど、どうどうとしてりっぱにもみえた。

さとうきび畑《ばたけ》のはじっこ、海《うみ》のみえる崖《がけ》にきた。

三人ともしゃべらない。なぜだかしゃべってはいけないような感《かん》じがした。海《うみ》の音だけがひびいていた。

ふと、海《うみ》の音がやんだ。虫の声《こえ》もさとうきびのゆれる音もなくなった。

三人ともたちどまる。時間《じかん》もとまった。

そして。次《つぎ》のしゅんかん。とつぜん、小鳥《ことり》たちの声《こえ》がした。ピチュピチュピチュ。チュンチュンチュン。ピピピピ。いろんな鳥《とり》の声《こえ》が、あっちからもこっちからもきこえてくる。

さとうきびがシャラシャラとゆれる。黒《くろ》い影《かげ》のかたまりだった木に色《いろ》がついてふくらんだようにかたちになっていく。うっすらと明《あか》るい空にひゅんと流《なが》れ星《ぼし》が光《ひか》った。夜《よる》のおわりだ。

さあっと海《うみ》のほうから明《あか》るくなった。海《うみ》がわのさとうきび畑《ばたけ》もだんだんに明《あか》るくなる。緑色《みどりいろ》の葉《は》の先が金色《きんいろ》にそまっている。

「あれ？　海《うみ》のほうは東《ひがし》じゃないよね？」

「うん。東《ひがし》は、あっち」

三人でふりかえる。道《みち》のむこうの林の中が明《あか》るい。

「おひさまだ」

若葉《わかば》ちゃんがいったとたん、ぴかっと光《ひかり》がさした。朝《あさ》のはじまりだ。

優愛《ゆうあ》は大きくいきをすった。胸《むね》のなかで、木や葉《は》っぱや海《うみ》たちに話《はな》しかける。

あたしはちっぽけだけど、みんなといっしょにちゃんとここに立ってるよ。

とおくで、にわとりがないた。

「島《しま》にも冬《ふゆ》があるんだって？」

レイナがいった。レイナはまたとつぜんちがう話《はなし》をする。でも、優愛《ゆうあ》はけっこうなれてきた。

「十二月は寒《さむ》いよ。気温《きおん》はそんなに低《ひく》くないんだけど、風《かぜ》が強《つよ》いの」

「南《みなみ》の島《しま》だから常夏《とこなつ》かと思《おも》ってた」

とこなつってどういう意味《いみ》かな。わからないけどかわいいひびきだと優愛《ゆうあ》は思《おも》った。あとでノートに書《か》こう。

「じゃあ、ストーブたくの？」と若葉《わかば》ちゃん。

「うちはコタツだけ。だから寒《さむ》いの。毎年《まいとし》、今年《ことし》はストーブ買《か》おうっていうけど、なんとかなっちゃうから買《か》わないの」

「へえ。冬《ふゆ》もちょっと楽《たの》しみ」

レイナが、にかにか笑《わら》った。

「レイナ！　冬《ふゆ》もここにいられるの？」

「ケイヤク、のびた？」

「うん、ほんとの子どもとおんなじだって。だから、ずっといられる。ケイヤクなんていうな、むりして家《いえ》の仕事《しごと》するなっておこられた。おかあさん、おこるとこわいんだよ」

レイナは腰《こし》に手をあてて胸《むね》をはった。

「ほんじゃ、あとで学校で！」

「うんっ。あとで！」

若葉《わかば》ちゃんが元気《げんき》よく答《こた》えた。

優愛《ゆうあ》は、ぐんとのびをした。早く家《いえ》に帰《かえ》って朝《あさ》ごはんたべて、学校にいかなきゃ。きょうもきっといいことがある！

レイナが島にやってきた！

長崎夏海（ながさきなつみ）
1961年、東京都生まれ。1986年『A day』（アリス館）で鮮烈にデビュー。2000年『トゥインクル』（小峰書店）で第40回日本児童文学者協会賞受賞。2015年『クリオネのしっぽ』（講談社）で第30回坪田譲治文学賞受賞。著書に『あらしのよるのばんごはん』『いちばん星、みっけ！―ミナモとキースケのたからさがし』（ともにポプラ社）『蒼とイルカと彫刻家』（佼正出版社）など多数。現在、鹿児島県の沖永良部島に在住。

いちかわなつこ（市川菜津子）
1974年、東京生まれ。女子美術大学卒業。絵本の作品に『リュックのおしごと』『リュックのピクニック』（ともにポプラ社）『おつきみピクニック』（ほるぷ出版）『こぐまのミモのジャムやさん』（あかね書房）『ゆきがふったら』（イーストプレス）、挿絵の仕事に『クッキーのおうさま』（あかね書房）『あかちゃんライオン』（ポプラ社）『つぐみ通りのトーベ』『クララ先生、さようなら』（ともに徳間書店）などがある。

JASRAC 出 1711348-802

作　者　長崎夏海
画　家　いちかわなつこ
発行者　内田克幸
　編集　芳本律子
発行所　株式会社 理論社
　〒101-0062　東京都千代田区神田駿河台2-5
　電話　営業 03-6264-8890　編集 03-6264-8891
　URL　https://www.rironsha.com

2017年10月初版
2018年 4月第2刷発行

装幀　郷坪浩子
本文組　アジュール
印刷・製本　中央精版印刷

NDC913 A5変型判　21cm　135P　ISBN978-4-652-20233-3

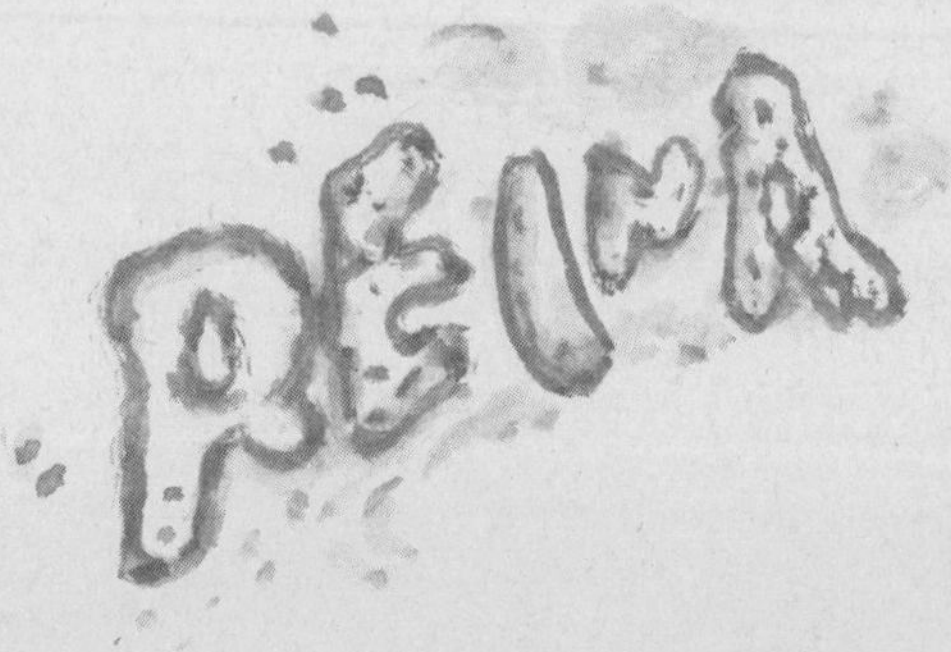